재혼의 조건

박경리 장편소설

다산책방

1

　장지문 사이로 무수한 황금의 입자粒子가 난무하고 있었다. 네모가 반듯한 벽에는 구수한 내음이 풍긴다. 겨울이 오기 전에 장지를 갈고, 벽에는 어스름한 연두색 도배지가 촉감을 보여주고 있었다.

　'또 해가 지는군.'

　강옥康玉은 뜨개질을 하면서 중얼거렸다. 보송한 회색 실뭉치가 손놀림에 따라 돌돌 구른다. 뭇 세월이 하루처럼 변함없고 삭막하게 되풀이되는 것처럼, 강옥의 자의식自意識을 잃은 마음의 되풀이처럼 바늘은 기계적으로 꿰어지고 뽑아진다.

　"으흠……."

일손을 멈추고 강옥은 절반쯤 된 시어머니의 덧저고리를 물끄러미 내려다본다.

'칠 년, 칠 년이로구나.'

이제는 눈앞에 그려보려고 해도 명환明煥의 얼굴은 아리송하기만 했다. 칠 년 전의 이맘때, 뜰에는 과꽃이 흐드러지게 피어 있었다. 그 서울 집의 대문 밖으로 나서던 약혼자 명환의 창백한 얼굴, 어머니의 울부짖는 소리, 다만 그 소리만이 지금 귓가에 쟁쟁하게 울릴 뿐 푸르게 질린 명환의 얼굴은 짙은 안개가 내리덮인 듯 아리송했다. 한없이 멀기만 하고 희미하기만 하였다.

"마님, 사랑에서 좀 내려오시래요."

계집아이 영순의 목소리가 뜰에서 들려왔다.

"알았다."

시어머니의 대답이다. 곧이어 일어서는 기척이 나더니 신발 끄는 소리가 사랑 쪽으로 사라진다.

'무슨 일일까?'

사랑에서의 이야기가 들려올 리도 없건만 강옥은 가만히 귀를 기울인다. 그러나 사방은 적막한 고요가 흐를 뿐이고 풀숲에서 이따금 귀뚜리가 스산하게 울고 있었다.

미리 알고 있기나 하듯 시어머니는 왜 그러냐는 말도 없이 선뜻 사랑으로 내려갔다. 그것도 이상하거니와 시아버지 역시 좀처럼 시어머니를 사랑에까지 불러내리는 일이 없었다.

'무슨 일일까?'

칠 년 동안을 어항 속의 금붕어처럼 살아온 강옥이다. 그랬던 만큼 집안에 일어나는 조그마한 물결에도 민감해진 강옥이었다. 말수가 적어진 불행한 두 노인네와 차분하고 조심성 있는 계집아이, 그리고 강옥이, 식구래야 그 네 사람뿐이니 언제나 집 안은 숨죽인 듯 조용하였다. 그러니 하찮은 소용돌이에도 강옥이 예민해질 수밖에 없었다.

'칠 년, 벌써 칠 년이 지나가 버렸구나.'

강옥은 다시 뇌며 뜨개바늘을 놀리기 시작한다.

'칠 년, 으흠……'

강옥은 쓰디쓴 미소를 짓는다. 지나간 해에는 사뭇 육 년이라는 말을 뇌곤 했었다.

'세월만 헤고 사는구나. 그래 칠 년이 지나갔으니 어떻다는 거지? 어떻게 해보겠다는 거지? 우스꽝스럽게도, 처녀며느리, 처녀며느리…… 흐흠…….'

이 지방에서는 모두들 강옥을 처녀며느리라 불렀다. 듣기 딱한 것이지만 사실이 그러했다.

'처녀며느리? 세월만 헤고…….'

강옥은 문득 일본 잡지에서 본 단편소설이 생각났다. 세월만 헤고 산다는 말에서 연상된 기억이었다.

'갖바였던가? 접시였던가?'

제목이 뚜렷이 떠오르지 않았다. 작가의 이름도 기억 속에

분명치 않았다. 이끼 낀 푸른 물속의 분위기만은 선명했다. 갓바—물속에 산다는 일본의 상상 동물—의 입을 통한 이야 기 같기도 했다.

그 단편소설의 내용인즉 옛날에 어느 성안에서 귀중한 접시를 한 장 깨어버린 계집종이 내려질 형벌을 두려워한 나머지 우물에 빠져 죽었다는 것이다. 그랬는데 그 망령이 우물 속에서 밤낮 접시를 세어본다는 것이다.

"한 장, 두 장, 석 장……."

희망에 찬 목소리로 세어나가다가

"일곱 장, 여덟 장……."

할 때는 차츰 목소리가 기어들어 가고

"아홉 장? 한 장은 어디 갔을까? 분명히 있었는데?"

하고는 다시 기대에 찬 목소리로 한 장, 두 장 하며 세어나간다는 것이다. 창백하고 메마른 목소리는 이끼 낀 푸른 우물에 울리고 헤아림은 끝없이 되풀이된다는 것이다.

'시지프스와 같은 얘기야.'

그 단편소설을 읽었을 당시 강옥은 그런 말을 했었다. 신화神話의 시지프스가 산정에까지 바위를 밀어 올리면은 바위는 다시 아래로 굴러떨어지고 또 밀어 올리면 다시 굴러떨어지고 하는 그 무한한 작업의 되풀이, 실존주의 문학가들은 인간의 부조리를 그것에다 비유하고 있었다. 그러나 지금 강옥이 우물 속에서 끝없이 접시를 세고 있는 계집종의 망령을 생각한 것은 인간의 존재가 부조리하다는 철학적인 의미에서가 아니다. 그 계집종의 상태가 자기와 흡사하다는 구체적인 뜻에서다.

그 계집종이 귀중한 접시를 깬 과실은, 강옥으로 인해 비명非命으로 죽게 된 약혼자의 경우와 흡사하였고, 계집종이 우물에 빠져 죽은 행위와 강옥이 H읍에 있는 명환의 집에 몸을 던진 것과 비슷하였다. 그리고 계집종의 망령이 묵은 우물 속에서 끝없이 접시를 세고 있는 상태와 강옥의 하루 같은 뭇 세월의 되풀이가 또한 상통했던 것이다. 육체를 잃은 피곤한 영혼이 하나는 우물 속에, 또 하나는 두 칸 방 속에 놓여 있는 것이다.

물론 계집종이 우물에 몸을 던진 것과 강옥이 명환의 본가에 몸을 던진 것 사이에는 다소의 차이점이 애당초에는 있었다. 남의 외아들을 자기로 말미암아 죽게 했다는 죄의식도 죄의식이려니와 그는 명환을 열렬히 사랑하였고 명환을 따라 죽지 못하는 이상 그는 H읍에 있는 윤씨 집에 오지 않을 수 없는 절박한 심정이기는 했다.

그러나 세월은 흘렀다, 칠 년이라는 세월이. 그의 나이도 이제는 갓 서른, 남들이 착하고 장하다는 칭송을 늘어놓는다. 그러나 명환의 얼굴이 짙은 안개에 가려져서 아득하고 희미해진 것과 마찬가지로 명환에 대한 추모마저 이제는 퇴색하고 말지 않았는가. 착하고 장하다는 칭송이 번거롭고 무거웠다.

강옥이 서울에서 내려올 때 그의 친구들은 비웃었다.

"흥! 감상도 그쯤 되면 대단한 거야. 그야말로 현대판 열녀전이군그래. 결혼을 했다면 또 몰라, 아이라도 있다면 별문제지, 두고 봐야지, 일 년을 넘기는가."

동정은커녕 바늘 끝과 같은 매서운 비판을 퍼붓던 친구들이었다.

"바보지. 그런 바보가 어디 있어? 사랑에 순하려는 마음씨 같지만 어디 지금이 로미오와 줄리엣의 시대인가? 애인이 살았다면야 무슨 짓을 못 하겠니?"

남의 일이니 마음대로 넙죽거렸다.

"그 애 성질이 외골수라 그런 거야. 미스터 윤이 강옥이 땜에 시골로 피신 못 하고 화를 입었지만 그렇게 죽은 것도 다 운명이지 뭐냐. 어디 그게 강옥이 잘못이니? 그런데 그 애는 마치 자신이 미스터 윤을 죽인 것처럼 생각하고 있단 말이야. 아무리 말려도 듣지 않고 고집을 세우거던. 그러구러 세월을 보내다가 결혼이라도 하면 잊어버릴 텐데……."

윤명환은 S의대 병원에 그 당시 인턴으로 있었다. 강옥도 그해 H여대 영문과를 막 졸업하고 결혼날을 기다리고 있는 판이었다. 그 무렵 육이오 사변이 터진 것이다. 강옥의 부친은 레프트였고 오래전부터 그의 어머니와 별거 생활을 해오던 사람이었다. 졸지간에 당한 일이기는 했으나 그때 마침 강옥의 어머니는 강옥과 함께 수색水色에 있는 약간의 토지를 정리

하러 내려갔던 참이었다. 명환은 H읍에 내려올 시간적 여유가 충분히 있었음에도 강옥의 소식을 몰라 헤매다가 그냥 피신할 기회를 놓쳐버린 것이다. 강옥이 집에 돌아왔을 때 명환은 다락에 숨어 살지 않으면 안 될 처지가 되었다.

그러던 어느 날 어떻게 알고 왔는지 대학 시절에 가장 가까웠던 김 모라는 친구가 찾아왔다. 그는 열렬한 코뮤니스트로서 월북했던 사람이었다. 강옥은 명환 소식은 모른다고 잡아떼었다. 그는 별말 하지 않고 순순히 물러가면서 강옥에게 쪽지 한 장을 주었다. 명환을 만나거든 전해달라고 했다. 그 쪽지에는 그 자신이 정치보위부에 있는 것을 밝히고 나와서 일을 같이 하자는 내용이 적혀 있었다.

결국 그 쪽지 한 장이 명환을 죽음으로 이끌게 한 것이다. 인공人共 치하의 몇 개월을 무사히 지내고 구이팔 수복을 맞이했을 때 강옥의 집은 그의 부친의 관계로 가택수색을 당하게 되었다. 그들은 쪽지 생각을 말끔히 잊고 있다가 국군이 벽장문을 열었을 때 명환은 그것을 피뜩 생각하였다. 엉겁결에 그는 얼른 쪽지를 집어삼켜 버렸던 것이다. 죄는 그것뿐이었다. 그는 스파이로 몰려 고대하던 국군의 손에 의하여 사살되고 말았다. 전쟁이니 호소할 길도 없고 원망할 곳도 없었다.

사랑으로 내려간 시어머니는 한참 만에 올라왔다.

"아가."

문밖에서 강옥을 부른다.

"네?"

강옥은 얼른 일어서며 방문을 열었다.

"사랑에서 널 좀 보자구 하신다. 할 말씀이 계신가 보다."

머리칼이 희끗희끗하고 곱상하게 생긴 시어머니는 강옥을 몹시 아끼는 눈으로 쳐다본다.

"무슨 말씀일까요, 어머니?"

강옥은 약간의 불안을 느낀다.

"내려가 봐라, 무슨 꾸중이 있을까 봐 그러느냐?"

시어머니는 웃었다. 웃는데 왠지 쓸쓸하게 보였다.

'무슨 일일까?'

강옥은 옷매무새를 고치고 사랑으로 내려갔다. 사랑으로 들어가는 조그마한 문 옆에 파초 한 그루가 살며시 흔들리고 있었다. 가을의 저녁 바람은 살에 차가웠다.

"아버님, 부르셨습니까?"

"오냐. 올라오너라."

강옥은 조심스럽게 치맛자락을 걷으며 방 안으로 들어갔다. 그리고 우두커니 선 채 벽에 걸린 묵화를 멍청히 바라본다.

"거기 앉거라."

강옥은 다소곳이 앉았다.

시아버지 윤정호尹貞浩 씨는 시어머니보다 며느리 표정에 대하여 민감하였다.

'이젠 지쳤구나.'

처음 강옥이 H읍으로 내려왔을 때 윤정호 씨는 강옥을 받아들이지 않으려 했다.

"다 지 명이 그래서 죽은 것을 뉘 보고 탓하겠느냐. 죽은 사람은 이미 내 자식도 아니고 너의 약혼자도 아니다. 혼인이라도 하고 혈육이라도 있다면 모르되 새파란 너의 앞길을 막아서 쓰겠느냐. 아무 말 말고 서울로 가거라. 세월이 흐르면 잊어진다."

하고 눈물을 머금었던 윤정호 씨였다.

삼 년이 지난 뒤에도 그들 노부부는 강옥이 결혼해 줄 것을 은근히 바랐고 또한 어느 때고 떠날 사람이거니 하며 정을 들이지 않으려고 했다. 그러나 사 년을 보내자 그들 노부부는 강옥에게 어떤 새로운 희망을 걸게 되었다. 미안하고 측은한 마음이 가셔지진 않았지만.

윤정호 씨는 며느리를 앞에 두고 한동안 말이 없었다. 담배를 피우려다 말고 그는 양말을 신은 발을 한번 쓸어본다. 말을 꺼내기가 퍽 거북한 눈치다.

강옥은 방바닥에 눈을 떨어뜨린 채 시아버지의 말을 기다리고 있었다.

뜰 아래서는 여전히 귀뚜리가 울고 있었다.

'가엾은 것!'

윤정호 씨는 눈길을 돌렸다. 그렇게 곱고 아름다웠던 얼굴이 시들기 시작했다. 며느리라기보다 딸자식만 같아 마음이 아프다.

"너 갑갑하지 않느냐?"

"아뇨, 아버님."

"바람도 쏘이고 사람 구경도 할 겸 취직이라도 하면 어떨까?"

"네?"

강옥은 놀라며 얼굴을 들었다.

"얼마 전에 권 교장을 만났었지."

"저 송화여고의?"

"음."

강옥은 이내 짐작이 갔다.

"권 교장을 만났을 때 별생각 없이 너 걱정을 했더니만 권 교장 말씀이 학교에 나와보는 게 어떠냐구……."

"……."

"나도 거 좋은 생각이라 했다만 네가 혹시 어떻게 생각할지 몰라서 며칠 동안 궁리도 해보구 너 어머니하구 의논도 해봤지."

"……."

"아직은 너 하나 편히 먹일 수 있는 형편이지만 사람이란 너무 낙이 없어도……."

강옥은 뜻하지 않게 들이닥친 변화 앞에 마음이 떨렸다. 질식할 것만 같은 나날을 생각하면 무슨 일이든 변화가 있다는 것은 반갑다. 당장에 네 하고 대답하고 싶은 심정이지만 시아버지 앞이라 경솔하게 그럴 수도 없는 일이었다.

　"어떠냐? 마음이 내키느냐?"

　"생각해 보겠습니다."

　그러고서 강옥은 사랑에서 나왔다.

　시어머니와 함께 저녁을 먹고 자기 방으로 돌아온 강옥은 뜨개질을 다시 시작했다. 그러나 마음은 소란하기만 하다.

　"아씨, 손님 오셨어요."

　계집아이가 얼굴을 디밀며 말했다.

　"누구?"

　"아씨 친구예요."

　"국이 엄마냐?"

　"네."

　"어서 들어오라고 해."

　그러자 뜰 안에서 시어머니와 같이 말을 주고받는 친구 남혜숙南惠淑의 목소리가 들려왔다.

　이윽고 방문이 드르륵 열리면서

　"또 구들장만 지키고 있군."

　둥그스름한 얼굴에 놀란 토끼 같은 눈을 굴리며 혜숙은 웃는다.

"웬일이냐? 저녁에."

"애 아빠도 서울 가고 심심해서 왔지."

혜숙은 털썩 주저앉는다.

"그러나 솔직히 고백한다면 공작을 하러 왔단다."

"무슨 공작?"

"널 끌어내려구."

"그거 무슨 얘기니?"

"시치미 떼지 마. 알면서 괜히 그래?"

혜숙은 눈을 흘긴다.

'학교 일 때문이구나. 어머님이 말씀하셨을까?'

혜숙은 서울에서 강옥과 같이 대학을 다닌 친구였다. 그는 도중에 학교를 그만두고 고향인 H읍에 돌아와서 결혼을 했다.

지금은 세 아이의 어머니로서 유복한 가정부인이다. 강옥에게 있어 H읍에서는 유일한 친구이며 강옥을 아껴주는 사람이다.

"너 얘기 들었지?"

"학교 일 말이냐?"

"물론이지."

"방금 들었지."

"그래 생각이 어떠냐? 오케이?"

혜숙은 바싹 다가앉으며 강옥의 무릎을 탁 쳤다.

"글쎄……."

강옥은 아까와 달리 두려운 생각이 왈칵 들었다.

"글쎄가 다 뭐냐? 그렇게 얼굴이 누렇게 떠가지고 구들장만 지키기야?"

"자신이 없어."

"너 자신 있다는 소리 한 번도 못 들었다."

"내가 뭘 안다구 교단에 서겠니."

"왜 그러시우? 요즘 세상에는 겸손이 미덕은 아니랍디다. 나야 도중에 나동그라진 사람이지만 강옥은 당당한 학사님이 아니던가?"

"괜히 놀리지 말어. 나 까먹고 아무것도 없다, 얘."

이때 강옥의 표정에는 소녀티가 나타났다.

"정말 자신이 없어 그러는 거야? 아니면 책상 위의 꽃병처럼 이렇게 앉아 있는 게 취미라서 그러는 거야?"

"자신이 없어서 그러지 뭐."

"그럼 됐어, 문제없다. 우리 삼촌이 도와주실 거구."

"참 거기 계시지?"

혜숙이 삼촌 남성우南成宇는 송화여고 영어 교사였다. 그러나 강옥은 말만 들었지 그를 본 일은 없었다.

"갈래? 안 갈래?"

혜숙은 다시 강옥의 무릎을 탁 쳤다.

"글쎄……."

"아이 참, 또 글쎄야?"

"그런데 넌 어떻게 알고 왔지?"

"흐음……."

"왜 웃니?"

"저 말이야, 사실은 낮에 거리에서 너의 시어머니를 만났지 뭐냐? 그랬더니 그 말씀을 하시더구나. 그래서 내가 응원하러 가겠다 했지 뭐."

"어머님도 참."

강옥은 시어머니의 마음 씀을 고맙게 생각하면서도 뭔지 모르게 인연의 철삿줄로 몸을 얽어매는 듯한 느낌이 들었다.

혜숙은 남편이 없어 안심이라 하며 밤늦게까지 놀다가 돌아갔다. 그 일이 있은 지 약 한 달 후 강옥은 여러 가지 절차를 끝마치고 학교로 나갔다.

취임식 날은 초겨울에 접어들어 코트가 아쉬웠다. 강옥은 연한 감색 두루마기에 구두를 신고 나갔다. 엷은 화장은 시름 없던 그의 얼굴에 생기를 돋우어 주었다. 학생들의 호기심에 찬 눈초리를 사방에서 받으며 취임 인사를 끝냈을 때 강옥은 가벼운 현기증을 느꼈다.

직원실로 돌아왔을 때 강옥의 자리로 마련된 곳에 젊은 여선생이 한 사람 서 있었다.

"유 선생 얘기는 많이 들었습니다. 전영자라 합니다. 앞으로……."

자기 소개를 하며 교묘하게 웃었다. 강옥은 그 웃음이 마음에 걸렸다.

그는 강옥의 바로 옆자리에 앉으며

"애들이 건방져서 애먹을 거요. 못난 송아지 엉덩이에 뿔 난다더니, 시골 애들이 더한다니까요. 나도 일찌감치 서울로 날라야겠어요."

싱둥싱둥하는 말은 강옥의 마음을 상하게 했다. 비판적인 것을 넘어서서 이곳 학생들을 거의 경멸하고 있는 듯 보였기 때문이다.

'입이 싸구나.'

생각하며

"댁이 서울이에요?"

강옥은 마지못해 물어보았다.

"서울이에요. 서울이 귀찮아서 이곳까지 내려왔는데 영 정이 붙지 않는군요. 모두들 왜 그리 둔한지."

자기만은 안 그렇다는 듯 초연한 표정이다.

"얼마간 계셔보면 아시겠지만 잠긴 연못처럼 흐릿하고 무미하고 도무지 신진대사가 돼야죠. 곧 싫증이 나실 거예요."

"그럴까?"

강옥은 말꼬리를 흐리며 창밖으로 눈을 던졌다. 면도 자국이 파아란 옆얼굴이 창가에서 담배를 피우고 있었다. 키가 성큼 컸다. 감색 싱글을 입고 있는 남성, 그는 담배를 던지고 돌아섰다. 그리고 성큼성큼 걸어가더니 출석부를 뽑아 들고 백묵 세 개를 집더니 교무실 밖으로 휙 나가버린다.

사립학교라 그런지 권일송權一松 교장의 활발한 성격 때문인지 교내의 분위기는 비교적 자유로웠다.

강옥은 일 학년의 영어 세 시간을 진땀을 빼며 끝내었다. 수월한 일이 아니었다. 바로 취임한 선생이라 그런지 아이들의 감정도 고르지 못하였다.

그러나 강옥은 선생이라기보다 옛날 학창 시절로 돌아간 듯 기분이 좋았다. 하루를 끝내고 강옥은 일어섰다. 그리고 힐끗 돌아다보았다. 키가 큰 그 사람이었다.

"수고하시겠습니다."

그는 싱긋 웃으며 말을 걸었다.

"많이 지도해 주세요."

강옥도 미소를 띠고 고개를 숙였다.

"혜숙이한테 얘기 많이 들었습니다."

"네?"

강옥은 적잖게 놀란다.

"그, 그럼 혜숙이?"

"네, 삼촌입니다."

"어머! 이렇게 젊으신 줄은……."

"할아버지로 아셨던가요?"

혜숙의 삼촌 남성우는 또다시 싱긋 웃었다. 그리고 당황해

하는 강옥을 지그시 바라본다.

"혜숙이가 저더러 심부름 잘 해야 한다고 마구 호통이더군요."

그 말투에서 혜숙이하고는 조카 삼촌의 사이라기보다 형제 간처럼 느껴졌다.

"정말 좀 도와주셔야겠어요. 전 아무것도 몰라요."

"뭐 걱정하실 것 없습니다. 애들이 순진해서요."

성우는 전영자와 반대되는 말을 했다.

강옥은 영자로부터 받은 인상이 말끔히 지워지는 것을 느꼈다.

"그럼 천천히 오세요."

성우는 가방을 들고 성큼성큼 걸어 나간다. 돌아보지도 않고.

2

강옥이 송화여고의 영어 교사로 취임한 지 어느덧 한 달이 지나갔다.

며칠 사이에 날씨가 바싹 죄어들어 직원실의 유리창을 간단없이 바람이 뒤흔들어 주고 있었다. 유리창을 흔드는 바람 소리도 스산하거니와 직원실은 학기말 시험으로 하여 더욱 어수

선하고 살벌하였다.

간밤에 숙직을 한 생물 선생 이영기李英基는 둔하리만큼 몸집이 크고 평소에는 혈색이 좋은 얼굴이었는데 지금은 온통 파아래져 가지고 난로 앞에 붙어 서 있었다.

"아아, 지독하게 춥다. 시험이고 뭐고 사람 얼어 죽겠구먼. 이 애, 순아! 석탄 좀 더 넣어라!"

턱을 덜덜 까불며 급사에게 소리를 지른다.

"아따, 지방분은 남보다 곱절은 될 텐데 왜 그리 엄살을 피우는 거요."

누군가가 핀잔을 주자,

"말 마시오. 어젯밤 숙직실 안의 물이 얼었다는 사실을 알아야지. 정말 귀신도 모르게 얼어 죽을 뻔했다니까."

"거 밥자리가 하나 나서 실직자가 좋다가 말았구먼."

"예키 여보쇼, 거 부의금 나갈 생각은 안 허구?"

"하하핫……."

웃다가 직원들은 각기 자기 자리로 돌아가고 뚱뚱이 이영기와 수학 선생인 말라깽이 윤병수尹炳洙만이 난로를 최후까지 지키고 서 있었다.

"그러나저러나 가관이더군."

윤병수가 이영기 옆으로 바싹 다가서며 나직한 목소리로 말했다.

"뭐 말이요?"

"전영자 말이지."

하고 윤병수는 실쭉 웃는다.

"전영자 선생이 어쨌다는 거요?"

"어젯밤, 날씨도 춥고 출출한 김에 남 선생하고 함께 술 마시러 가지 않았겠소."

"그래서?"

"술집에 서서 얼큰히 취해가지고 둘이서 막 나오는 판인데 전영자하고 딱 마주쳤단 그 말씀이지. 아마 전영자는 우리가 그곳으로 들어가는 것을 보고 길거리에서 기다리고 있었던 모양이요."

"뭐 하려구?"

"이 양반이 둔하기는, 지방질의 저축이 많아서 할 수 없군."

"마주쳤다는 것만으론 이야기가 되지 않지."

"뻔한 일 아니요."

"뻔하다니?"

"전영자가 밤거리에서 우리를 기다리고 있었다면 그건 우리 두 사람 중의 누군가를 사랑한 때문이 아니겠소?"

"하아…… 사랑한 때문이라? 물론 윤 선생은 아닐테고."

"다행하게도 나는 아니었지요."

"으흐흐, 다행이라고? 괜한 허세 부리지 마시오."

"아, 여보시오, 처자가 있는 몸이 유혹에 빠졌다간 어떻게 되는 줄 아시오?"

"으흠…… 송화여고의 남성들도 과히 불출은 아닌 모양이지? 송화여고에는 상대할 만한 남성은 없다고 전영자 선생이 선언한 바 있어 은근히 자존심이 상했었는데."

"낙관은 아직 일러요. 남 선생은 처음부터 송화여고의 남성들 축에 넣지 않았거든요."

"그럴 테지. 남 선생은 현대의 우수를 담뿍 실은 시인이니까. 그래서 어쨌다는 거요?"

이영기는 드디어 본론을 재촉하였다.

"그래, 우리가 나오니까 말이오, 전영자 말이 마침 잘 만났다 하며 나보고 한다는 말이 남 선생에게 여쭐 말이 있으니 윤 선생은 죄송하지만 먼저 돌아가 달라는 거요. 아주 단도직입적이란 말이야. 그래 나는 그러마고 했더니 남 선생의 말이 걸작이야. 전 선생, 기왕이면 우리 찬란한 태양 아래서 서로 마주 보며 만나는 게 어떻습니까? 한단 말이요. 전영자의 얼굴이 샐쭉해지더군. 그런데 또 한다는 말이 사무적인 얘기니 잠깐만 만나자는 거 아니겠소? 남 선생은 사무적인 얘기라면 자기는 사무실에서만 하기로 결정했노라 그런단 말이요."

"하아, 그거 너무 무정한 얘기구먼. 그래, 결국은?"

"남 선생은 말뚝처럼 서 있는 전영자를 내버려 두고 나를 따라왔지요."

"하아…… 그거 실로 유감천만이다. 여선생에게 그럴 수가 있나."

이영기는 진정으로 전영자를 위하여 애석해한다.

"남 선생은 이 선생처럼 페미니스트가 아니거던."

"그러니까 여성을 더 미치게 하는 거지."

"하여간 놀랬어. 처자까지 있는 사람을 그래 어쩌자는 거야?"

"부인하고 사이가 좋지 않다는 소문이더구먼."

그런 실없는 말을 주고받고 있는데 종이 울렸다. 전영자의 모습은 아까부터 보이지 않았다.

강옥은 시험용지를 안고 일어섰다. 건너편에 저만큼 앉아서 담배를 피우고 있는 남성우는 뿜어내는 연기 속에서 강옥을 바라보았다. 강옥은 급히 직원실에서 걸어 나왔다.

교실에 들어갔을 때 교실 안은 물을 뿌린 듯 고요했다. 강옥은 시험지를 나누어주고 창가에 가서 돌아섰다. 고삼高三이면 졸업반이다. 강옥은 중학교 생도처럼 눈을 번쩍거리며 감시하는 그런 취급을 하고 싶지 않았던 것이다.

'날씨가 차구나.'

강옥은 두 손을 꼭 맞잡고 유리창 밖의 은행나무를 우두커니 바라본다. 은행나무에는 며칠 전까지도 노오란 나뭇잎이 서너 개 매달려서 바람에 몸부림치고 있었는데 지금은 밋밋한 가지만 앙상하게 희뿌연 하늘을 찌르고 있었다.

'도리어 속 시원하구나.'

몇 개 남은 나뭇잎이 바람에 몸부림치고 있을 때 강옥은 그 정경이 안타깝고 불안했었다. 왜 그런지 그것은 자기의 심정

같이 느껴진 것이었다. 그러나 그 마지막의 나뭇잎도 떨어지고 이제 온 천지는 겨울에 묻혀 그 저항을 잃고 있는 것이다.

강옥은 돌아보았다. 까만 머리들이 일제히 앞으로 수그러져 칠빛 같은 평면을 이루고 있었다.

강옥은 다시 유리창 편으로 몸을 돌렸다. 희뿌옇게 흐려 있던 하늘의 구름 사이로 한줄기 햇빛이 새어 나오기 시작했다.

'어제 혜숙이가 나보고 한 말은 무슨 뜻일까?'

강옥은 문득 혜숙과의 대화가 머리에 떠올랐다. 어제 혜숙은 이 근처에 볼일이 있어 온 김에 널 찾아왔노라 하며 학교에 나타났던 것이다.

"마침 잘됐어. 같이 나가자."

강옥은 오래간만에 혜숙을 만난 것이 즐거웠다.

"우리 삼촌은?"

"아까 나가시는가 부더라."

혜숙은 강옥을 훑어본다.

"흐음…… 이제 제법이구나. 그래 자신이 좀 생겼어?"

"자신은 무슨 자신이야? 그저 남 하는 대로 따라 하는 거지."

강옥은 머플러로 얼굴을 싸며 싱긋 웃는다.

그들은 나란히 교정을 걸어 나왔다. 오리나무가 고목처럼 빽빽이 서 있는 언덕을 내려오면서

"저녁 사줄까?"

하고 혜숙은 강옥을 넌지시 바라보았다.

"아냐. 차나 하고 가지."

"왜?"

"걱정하시지 않니?"

"그건 너 모르는 소리야."

"……."

"그분들을 해방시켜 드리는 뜻에서 저녁이나 하고 천천히 가아."

"무슨 그런 말을 하니?"

"왜? 몰라서 묻는 거냐?"

강옥은 입을 다물어버린다.

"그분들은 너를 보면 답답하단 말이야. 네가 너의 자유를 구속하고 있는 만큼, 그분들의 심정도 죄수가 되는 거야."

"네가 어떻게 알고 하는 말이니?"

"너이네 집에 들어서면 그 분위기만으로 단박 짐작이 돼. 네가 시집살이를 하는 게 아니고 그분들이 너 시집살이를 하고 계시는 거야. 너 눈치만 살피고……."

강옥의 얼굴이 빨개진다. 괴로움이 그의 얼굴을 확 덮쳤다.

"내가 죄인이지, 왜 그분들이 죄인이냐?"

강옥의 목소리는 약했다.

"그분들에게는 희생할래야 할 청춘이 없다."

"난 아무것도 희생하고 있지 않다!"

강옥은 노여운 듯 소리쳤다.

"그건 너 자신에다 연막을 치고 하는 말이지."

강옥은 걸음을 딱 멈추었다.

"그럼 날 어떡허라는 거지? 그 집에서 나가란 말이냐?"

"이미 때는 늦었다. 그분들을 위해서."

그들은 묵묵히 번화가로 들어섰다. 혜숙도 말이 좀 과했다고 생각했음인지 더 이상 말을 걸지 않았다. 어떤 중국요리점 앞에까지 온 혜숙은 걸음을 멈추고 강옥을 바라보며

"그래도 저녁 안 먹고 일찍 들어갈 테야?"

강옥은 잠자코 혜숙의 뒤를 따랐다.

조용한 방으로 들어가서 마주 앉자 혜숙은 탁자 위에 턱을 괴고 강옥을 지그시 바라본다.

"왜 그렇게 보니?"

강옥은 부신 듯 눈을 깜박거렸다.

"강옥아?"

"……?"

"너의 얼굴에는 확실히 남자를 파괴하고 마는 무엇이 있어. 죄악적인 것 말이야."

강옥의 낯빛은 좀 변했다.

"팔자가 세다는 그 말이냐?"

"그런 속된 뜻은 아니야."

강옥은 잠자코 있다.

"용모가 아름답거나 육체적인 매력이 있다는 건 아니야. 네가 지닌 분위긴 묘해. 남을 못 견디게 하는 거야."

"싱겁다. 그만두어."

"분명히 상대를 불행하게 할 거야. 도대체 넌 뭐 할려고 이 세상에 생겼니?"

"죽어버릴까?"

"흥, 누구를 위해? 너 자신을 위해 죽어버린단 말이냐?"

"뭐 할려고 생겼느냐 하니까 말이지."

"아마 그 누구를 고통의 구렁창에 빠뜨리기 위해 났을 거야."

"그건 무슨 뜻이지?"

강옥은 좀 지겨운 듯 물었다.

"확실히 내가 하는 말에는 뜻이 있어. 하지만 지금은 말할 수 없다."

"말할 수 없는 말을 왜 하는 거야?"

"나도 약간은 괴로우니까, 보기가 딱하거든."

"이렇게 궁상맞게 혼자 사는 게 보기 딱하단 말이지? 동정하지 않아도 좋아. 좀 따분하기는 하지만 난 비참하지 않다."

강옥은 혜숙의 말뜻이 딴 곳에 있음을 충분히 짐작하면서도 일부러 말을 돌려댔다. 그러나 혜숙은 강옥의 말을 듣고 있지 않은 듯 보였다.

잠시 침묵이 흐른 뒤

"전에는 그랬었지. 혼자 청승맞게 방에만 도사리고 앉아 있는 꼴이 보기 싫드구먼. 그래서 나도 거들어서 널 밖으로 끌어냈다만 묘하게 일이 돌아간단 말이야."

"정말 묘한 말을 하는구나."

강옥은 혜숙의 눈을 살폈다.

"누굴 못 견디게 하고 있어."

혜숙의 말은 의미심장했다.

"이미 불행의 씨를 너는 또 뿌리고 있어."

혜숙은 날라 온 음식에 손을 대면서 다시 뇌었다. 강옥의 핏기 잃은 얼굴은 혜숙을 지켜보고 있었다.

'불행의 씨를 뿌리고 있다구?'

강옥은 몸을 돌렸다. 알 듯 알 듯하면서 모르는 말이었다. 어떤 예감을 확인하기가 무서웠던 것이다.

학생들의 머리는 여전히 수그러진 채 검은 평면을 이루고 있었다.

'……?'

강옥의 눈이 긴장했다. 맨 뒷좌석에서 학생 하나가 묘한 짓을 하고 있었던 것이다.

"으흠!"

강옥은 기침을 크게 했다. 그러면 그 학생이 묘한 짓을 멈추리라 생각했다. 그러나 여전히 그는 쪽지를 들여다보고 베껴 쓰고 있는 것이다.

'안 되겠다!'

강옥은 일부러 발소리를 크게 내며 교단 쪽으로 걸어왔다. 그래도 학생은 그 짓을 멈추지 않았다.

'체면을 세워주려고 했는데 할 수 없군.'

강옥은 드디어 학생 곁으로 다가갔다. 그때까지도 그는 유유히 컨닝을 하고 있는 것이 아닌가.

강옥은 일종의 분노를 느꼈다. 그 행위는 선생을 안중에 두고 있지 않은 것이었기 때문이다.

강옥은 학생 앞에 딱 멈추어 섰다. 그리고 손끝으로 시험용지를 톡톡 쳤다. 학생이 얼굴을 들고 강옥을 올려다보았다. 도전하듯 대담한 눈빛이다. 강옥은 어떤 위압을 느꼈다.

"이런 짓 하면 안 된다는 것 알지?"

"……."

"왜 말이 없어?"

강옥은 시험지 위에 두 손을 얹고 있는 학생의 손을 밀어내려 했다. 그러나 그는 완강히 손을 뻗치고 반항의 태세를 취한다. 이렇게 되면 강옥은 강하게 나오지 않을 수 없는 노릇이다. 강옥은 강렬하게 그의 손을 밀어냈다. 답안지에 씌어져 있는 이름은 고명애高明愛였다.

강옥은 교단으로 돌아와서 시간이 끝나기까지 말 한마디 하지 않았다. 강옥은 여러 가지로 이 사건의 해결책을 궁리하였다. 그러나 좋은 생각이 떠오르지 않았다.

'남 선생님께 의논드리자. 참, 그분이 이 반의 담임이지.'

강옥은 왜 진작 그 생각을 못 했던가 싶었다. 그는 직원실로 돌아왔다. 그러나 남성우의 모습은 보이지 않았다.

점심시간이 됐을 때 남성우는 창백한 얼굴을 하고서 들어왔다.

"남 선생, 왜 그 모양이요? 어디 아프오?"

이영기가 아침에 들은 말도 있고 하여 말을 걸었다.

"가슴이 아프오."

남성우는 내던지듯 말하고 핏 웃었다.

"가슴이 아파? 마음이 아프단 말이요?"

그 말 대답은 하지 않고 남성우는 창가에 서서 담배를 붙여 물었다.

강옥은 얼른 일어서서 남성우 옆으로 다가갔다.

"남 선생님?"

남성우는 얼굴을 찡그리며, 고개를 돌렸다. 생각에 따라서는 매우 귀찮아하는 표정이라 할 수도 있었다.

"뭡니까?"

어금니를 꾹 다물어 관골이 불룩불룩 움직였다.

"저, 학생에 관한 일인데 좀 말씀드릴까 해서요."

강옥은 남성우의 너무나 삭막한 표정에 당황하며 고르지 못한 목소리로 말했다.

"우리 반 생도 말입니까?"

"네."

"말씀하세요."

"여기서는 좀…… 나중에 방과 후에 말씀드리겠어요. 조용한 것이 좋겠는데요."

남성우는 미간을 바싹 모으면서 한동안 생각에 잠기더니

"음…… 그럼…… 도서실에서 만나 뵐까요?"

"네, 그러세요."

좌석으로 돌아온 강옥의 마음은 한결 가벼워졌다. 그러나 옆에서 전영자가 째려보듯 하는 눈초리를 느끼자 강옥의 기분은 이내 상하고 말았다.

송화여고에 강옥이 취임한 이래 전영자는 강옥으로서는 이해하기 어려운 적의를 표시해 왔던 것이다. 그것이 때론 너무 노골적이어서 강옥보다 주변의 사람들이 눈살을 찌푸릴 지경이었다.

"유 선생의 인기가 대단하군요."

전영자는 입가에 조소를 띤다.

"인기요?"

강옥도 쑥스러운 듯 픽 웃었다.

"나같이 성미가 팔팔한 사람은 눈엣가시지만 유 선생은 얌전하고 정숙하니까."

은근히 비꼬아 본다. 정숙하다는 말은 노골적인 비웃음이었다.

"낡았단 말씀이군요."

"아니 천만에…… 아아, 정말 재미없어서 여기 못 있겠군. 어디 날아버려야 할 텐데……."

그 순간 전영자의 얼굴에는 어떤 고통의 빛이 서렸다.

"유 선생?"

"네?"

"정말 유 선생은 독신을 고수하시겠어요?"

별안간 허를 찌르는 듯한 전영자의 말에 강옥은 노여운 빛을 띤다.

"글쎄요……."

"때때로 그런 문제에 대해서 생각해 본 일이 없으세요?"

"생각해 보죠."

전영자 얼굴 위에 교활한 웃음이 돌았다.

"어떻게 생각하시죠?"

"결론은 나지 않더군요. 미래의 일은 모르잖아요?"

강옥은 물고 늘어지듯 하는 전영자로부터 피해 나오듯 일어서서 밖으로 나왔다.

'잔인한 여자야.'

강옥은 그렇게 생각하며 바람이 쌩쌩 부는 교정을 한 바퀴 돌았다. 혜숙은 그보다 더한 말을 얼마든지 했고 다른 사람도 그 문제에 대해서 더러 말을 했다. 그런데도 전영자의 경우만은 옳게 들리지 않는 그 무엇이 있었다. 그것은 그가 발산하고 있는 짙은 악의에서 온 것이었는지도 모를 일이었다.

'아아, 주체스럽다!'

교정을 한 바퀴 돌고 난 후 종이 울리자 강옥은 곧장 담당 교실로 들어갔다.

하루의 수업이 끝나자, 강옥은 도서실로 급히 걸어갔다. 남성우는 팔짱을 끼고 도서실 한복판에 우두커니 서 있었다. 우울한 얼굴빛이었다.

"추우시겠습니다."

남성우는 무뚝뚝하게 한마디 던졌다. 도서실에는 불기가 없어 한랭하였다.

"아뇨, 저보다……."

"그런데 무슨 말씀이신지."

남성우는 버티고 선 채 물었다. 강옥은 머쓱해지는 것을 느꼈다.

"선생님 반에 고명애라는 아이가 있죠?"

"네, 있습니다."

"그 애가 좀……."

"사고를 일으켰습니까?"

남성우의 얼굴이 갑자기 흐려졌다.

"네, 생물 시험 시간에……."

"컨닝을 했단 말씀이죠?"

"어떻게?"

직통으로 나오는 말에 오히려 강옥이 당황한다.

"시험 시간의 사고라면 그 일밖에 더 있습니까?"

남성우의 얼굴은 더욱더 흐려졌다.

"어떻게 했으면 좋겠습니까?"

"처벌해야죠."

서슴지 않고 말이 나온다.

"저도 일을 벌이지 않으려고 여러 가지 암시를 주었습니다만 할 수 없었어요. 옆에 가기까지 그 행위를 멈추지 않았습니다."

"고의적이었을 겁니다."

"고의적이라뇨?"

"시험의 성적을 올리는 일이 목적이 아니었을 거란 말입니다."

"그러면?"

강옥은 어이가 없어서 남성우를 바라본다.

"묘한 아이죠. 가정은 부유한 편인데 어머니가 안 계시고 외로운 환경입니다."

"그렇지만 컨닝을 고의적으로 하다니 이해할 수 없군요."

"그 애는 아마도 유 선생을 좋아했을 겁니다."

"네?"

강옥은 또 한 번 놀란다.

"역으로 나온 거죠. 좋아하면서도 유 선생께 고통을 주고 싶었을 겁니다."

"그럴 리가 있겠어요?"

"아닙니다. 사춘기의 심리라는 건 이상한 거죠. 상식적으로 생각할 순 없으니까요. 그리고 그 애의 성격이나 심리가 좀 남다른 점이 있죠. 아이들뿐만 아니라 어른의 세계에 있어서도 마찬가집니다. 좋아한다든가 사랑한다는 감정이 어떤 장애로 좌절되거나 상대에게 전해지지 않을 때 심리와는 반대되는 행동을 취하는 일은 얼마든지 있으니까요."

"그렇지만 그 애는 미리 쪽지를 준비해 왔었어요."

"십중팔구 그 쪽지는 생물의 해답하고는 아무 관계 없는 것이었을 겁니다. 그거는 시험 답안지를 보면 알 일이지만……."

"그럴 수가 있을까요?"

강옥은 추위도 잊어버리고 남성우를 멍하니 바라보고 서 있었다.

겨울의 일몰은 이르다. 도서실에 어둠이 차츰 스며들고 있었다.

3

남성우가 강옥에게 십중팔구 틀림이 없을 것이라고 한 말은 들어맞았다.

도서실에서 돌아온 그들은 생물 선생인 이영기에게 고명애에 관한 사건을 대강 이야기했다. 마침 퇴근하려던 이영기는

"흐음? 고 고약한 계집애가."

투덜거리며 답안지를 꺼내었다. 답안지를 조사한 결과는 남성우의 말대로였다. 해답과는 전혀 관계가 없는 것을 수두룩이 써놓았던 것이다. 정말 엉터리없는 것이었다.

남성우는 빙그레 웃었다.

"이거 대체 어떻게 된 거야?"

이영기는 어이없다는 얼굴로 강옥을 물끄러미 바라본다.

황혼이 깃든 창을 등지고 있는 강옥의 얼굴은 불그레한 듯 보였다. 아닌 게 아니라 강옥은 얼굴이 화끈 달아옴을 느꼈다. 뭐라 형용할 수 없는 기분이었던 것이다. 고명애가 미울 까닭은 없었다. 그렇다고 해서 귀여운 아이라는 생각이 드는 것도 아니었다. 무안을 당한 사람처럼 그저 어리벙벙해질 뿐이었다.

"왜 이런 짓을 했을까?"

이영기는 남성우처럼 고명애를 잘 알지 못할 뿐만 아니라 여학생의 미묘한 심리를 이해하는 데 있어서 남성우처럼 섬세하고 예민하지 못했다.

"이건 컨닝이 아니라 장난질이 아니요?"

남성우는 잠자코 있었다.

"뭐? 경주 불국사가 어쨌다구?"

이영기는 답안지를 보고 읽어나가다가 껄껄 소리 내어 웃는다.

"이거 빵점이다, 빵점! 장난이 아니라면 이건 천치 아니냐 말이다."

이영기는 연신 웃고 있는데 남성우는 담배를 피워 문 채 강옥의 눈빛처럼 흰 이마를 묵묵히 바라보고 있었다. 강옥은 꺼뭇꺼뭇한 눈을 내리깔고 있었다.

교무실 안에는 아무도 없었다. 다른 직원들은 다 돌아가고 그들 삼 인만 남아 있었다.

바람이 유리창을 덜거덕덜거덕 흔들어주고 있었다. 바람 소리뿐 사방은 괴괴한 침묵 속에 잠겨 있었다.

"하여간 나갑시다."

처음으로 남성우가 입을 떼더니 외투를 입는다. 세 사람은 외투 호주머니 속에 손을 찌르고 바람이 휘몰아치는 교정을 나섰다.

까만 머플러로 얼굴을 싼 강옥의 얼굴은 한층 선명하고 추위도 타지 않는 듯 하얀 낯빛은 변함이 없이 잔잔하기만 했다.

시가로 들어서자

"차나 한 잔씩 하고 갑시다."

남성우가 말했다.

"그럽시다. 아, 춥다!"

이영기는 턱을 달달 흔들며 말했다. 강옥은 고명애의 일에 대하여 아무런 결론도 내리지 않았으므로 남성우가 그 일을 의논하려고 그러는 줄 짐작하였다. 그는 다방에 가는 것을 말 없이 동의하였다.

날씨가 추운 탓인지 다방 안에는 별로 손님이 없었고 철 이른 동남풍이라고 여름밤의 꿈이란 낡은 음악이 흘러나오고 있었다.

난로가에 자리를 잡자

"어 춥다!"

아침부터 해온 타령을 이영기는 되풀이하였다.

"간밤에 냉방에서 숙직을 했기 때문에 종일 떨리는군요. 오늘 밤 윤 선생 조금 춥겠는걸."

너무 춥다 춥다 하니 자기 딴에도 염치가 없었던지 변명 비슷하게 말하고 피식 웃었다.

"오늘 밤 윤 선생이 숙직이오?"

"윤 선생이지. 말라깽이가 욕보겠는걸."

"밤새껏 술이나 마시겠지."

"어젯밤 윤 선생하고 술 했다죠?"

"한잔했죠."

"대단한 재미를 본 모양이던데?"

"재미?"

"거 시치미 떼지 마오."

"……."

"허어, 그 애틋한 그 마음을 그렇게 매정스리 뿌리칠 수가 있나?"

이영기는 사람 좋은 웃음을 허허 하고 웃었다.

비로소 이영기의 말뜻을 깨달은 남성우는 쓰디쓴 웃음을 지으며 슬며시 외면을 했다.

"차를 시켰는데 왜 꾸물거리고 있어? 이봐요! 거 따끈따끈한 것 어서 가져오우."

이영기의 말이 끝나기도 전에 레지는 커피를 날라 왔다. 이영기는 훌 하고 한 모금 들이켜더니

"남 선생은 여복이 많아서 탈이야. 거절하면 원수가 되고."

가만히 듣고만 있던 강옥이 살짝 얼굴을 붉혔다. 순간 남성우와 강옥의 눈이 부딪쳤다. 남성우의 눈이 환하게 불붙는 듯했다. 강옥의 마음에도 스산한 바람이 일었다. 이영기의 말이나 남성우의 눈빛은 강옥에게 있어서 너무나 강한 자극이었다.

'흥, 사춘기의 소녀처럼 뭐야?'

강옥은 스스러워하는 자기 자신을 애써 비웃었다. 그리고 남성우의 눈빛의 의미를 도외시하려 했다. 그러나 마음의 바람을 재우기는 힘든 일이었다.

"그런 실없는 농은 그만두기로 하고 고명애의 문젠데……."

한참 만에 남성우는 화제를 돌렸다.

"아아, 그거? 문제 삼을 것까지야 없죠. 내가 불러다가 한 번 호통을 치면 그만 아니겠소? 한데 그 아이 한 짓이 좀 괴상하단 말이야. 날 놀려먹으려고 한 짓일까?"

"가정적으로 외로운 아이니까 좀 성격이 이상하죠. 이 일은 우리 세 사람만이 아는 것이 아니고 우리 반 아이들도 알고 있으니 어차피 다른 선생님들 귀에도 들어가게 마련이오."

"그럼 남 선생은 고명애를 처벌할 작정이오?"

이영기는 좀 의외란 표정이다. 강옥도 다소 긴장한 표정으로 남성우를 쳐다본다.

"의당 처벌해야죠. 학교의 규칙을 어긴 것만은 사실이니까."

"거 떠벌릴 필요 없소."

이영기는 손을 내젓는다.

"그건 나도 알아요. 의당 처벌해야겠지만 동기가 컨닝을 하겠다는 것에 있지 않았으니까 이번에는 제가 책임지기로 하죠. 이 선생 대신 제가 불러다 나무라겠습니다."

말을 끝내자 남성우는 무심한 아이와 같은 미소를 띄었다.

"어떻습니까? 유 선생."

미소를 띤 채 남성우는 강옥에게 눈길을 돌렸다.

"이의 없습니다."

강옥도 부드러운 미소를 머금었다.

'무뚝뚝해 보이는 분이, 때론 몹시 우울해하는 것 같았는데

저렇게 무심한 웃음을 웃는다?'

강옥은 마음속으로 뇌며 눈길을 돌렸다.

"모처럼 이렇게 차를 나누게 되었으니 유 선생께서는 이 학교에 오신 뒤 감상이 어떻습니까?"

이영기는 고명애에 대한 이야기는 일단 끝난 것으로 생각하고 화제를 강옥에게 돌렸다.

"글쎄요…… 여러 가지 저에게 부족한 점이 많다는 것을 느꼈습니다."

"겸손의 말씀, 모두 엉터리 바가집니다."

엉터리 바가지라는 말에 강옥은 웃으며

"실력도 없지만 더군다나 아이들의 심리 같은 걸 잘 모르겠어요."

강옥은 남성우가 말하듯 고명애의 이상한 행동이 자기를 좋아한 때문이라면 그것은 석연치 못하고 납득이 가지 않는 일이 아닐 수 없었다.

"아이들의 심리는 알아 뭣 합니까? 교육이란 옛날의 일이죠. 요즘 같아서야, 대량생산에다가 선생이란 기계적인 두뇌를 제공하면 그만 아니겠습니까? 이런 현실 속에서 진정한 뜻의 교육이 있을 수 없어요. 나는 이 현실이 교육의 후퇴라 보고 있어요. 그렇지 않습니까, 남 선생?"

이영기는 동의를 구하듯 남성우를 바라본다.

"나는 이 선생처럼 페스탈로치를 흠모하는 사람이 아니

니까."

"거 놀리지 마시오."

"교육의 후퇴거나 교육이 단순한 지식의 매매 행위에 지나지 못하거나 내 알 바 없소. 이념이나 이상같이 거추장스러운 것은 없으니까."

남성우의 어조는 냉정했다.

"남 선생은 본래 위악僞惡을 즐겨하니까 그럴 법도 한 대답이요."

"위악이 아니라 진악眞惡이죠. 아니 위선입니다. 적당히 순응해 나가고 있으니 말입니다. 욕망은 좌절되고 말지요. 그게 어디 외부의 힘 때문입니까? 아니지, 보다 자기 내부에 있는 위선 때문이죠. 그걸 이성이라 하는가요?"

남성우의 말투는 조롱적이었다. 강옥은 재미있는 말을 한다고 생각했다.

"심각하게 자기 분석을 하고 있구먼. 하여간, 이건 내 생각이지만 남 선생만큼 아이들의 심리 상태를 연구하고 살리는 사람은 아마도 우리 학교엔 별로 없을 게요. 그런 뜻에서 남 선생은 자기 자신을 어떻게 평가하건 간에 객관적으로 볼 때 산 교육을 하고 있죠. 아첨해서 하는 말은 아니니까 제발 독설이나 냉소는 그만두시고."

이영기는 남성우의 입에서 말이 나오기도 전에 손을 저으며 앞질러 말했다.

남성우는 픽 웃는다.

"애들의 심리를 연구하는 게 아니죠. 내 마음을 생각해 보는 거지."

남성우는 시부저기 말했다.

"그럼 남 선생은 줄곧 여학생과 같은 생각을 하고 있구먼, 하하핫……."

말을 해놓고 보니 우습게 됐다. 세 사람은 다 같이 웃었다.

"눈이 내리는 모양이군."

이영기 말에 두 사람은 창문을 바라보았다. 눈이 제법 내리고 있었다.

그들은 실없는 잡담을 하다가 일어섰다. 다방 밖을 나서면서 남성우는 외투 깃을 세운다. 바람은 자고 눈은 펄펄 내려쌓인다.

"남 선생의 시정이 동하겠군. 애인하고 같이 걸어보고 싶은 설야구먼."

"시정은커녕 막걸리 생각이 간절하오."

어느 길모퉁이에 이르자,

"난 이리로 가겠습니다."

이영기는 꾸벅 절을 하더니 급히 그들로부터 떨어져 골목길로 훌쩍 들어섰다. 그는 돌아보지도 않고 곧장 걸어가는 것이었다. 두 사람은 눈을 맞으며 이영기가 너무 급히 서둘러 가는 바람에 멍하니 서서 그의 뒷모습을 바라본다.

"춥다, 춥다 하더니 따뜻한 아랫목 생각이 간절했던 모양이죠?"

남성우는 발길을 돌리며 말했다.

"몸이 뚱뚱하신데 꽤 추위를 타시는군요."

강옥의 말에 남성우는 껄껄 웃었다.

"좋은 친굽니다."

"남 선생을 칭찬하시니까."

강옥은 장난스럽게 말했다. 그러고는 이내 당황한다. 헤프게 말을 풀어놓았구나 싶었던 것이다.

"하하핫…… 그야 하는 말이 듣기 좋으면 사람도 좋아지는 게 인정이 아닐까요?"

"어머."

강옥은 까닭 없이 기분이 좋았다. 사실 그들은 눈이 내리고 있는데도 걸음을 재촉하지 않고 걷고 있었다.

"유 선생님 댁은 어디죠?"

"Y동이에요."

"호오, 한참 가서야겠군요. 후미진 곳이죠?"

"네, 약간."

"이렇게 눈을 맞고 감기 드시겠습니다."

남성우의 목소리는 퍽이나 부드러웠다.

"괜찮아요."

말을 하면서 강옥은 남자의 체취를 강렬하게 느꼈다. 그리고 그 대상이 어느 것인지도 모르게 반역하고 싶은 충동을 느꼈다.

"아주 약하게 보이는데요?"

"보기보담은 건강해요."

그들 사이에 말이 한동안 끊어졌다. 길모퉁이를 돌았다.

"유 선생님."

"네?"

"아직도 돌아가신 분을 생각하고 계십니까?"

남성우는 발끝을 내려다보는 자세로 물었다. 상옥은 놀라며 잠시 발걸음을 멈추었다. 그리고 남성우를 살펴본다. 남성우는 여전히 발부리를 내려다보며 걷고 있을 뿐이었다.

"때때로."

"때때로? 이렇게 이대로 살아가실 작정입니까?"

"모르겠어요."

강옥은 약간 성난 목소리로 말했다.

"여성이기 때문에 그럴까요? 남자의 경우라면……."

"여성이기 때문에 그런 건 아닐 거예요. 선생님 말씀대로 위선적인 요소 때문에 그럴 거예요."

"후회하십니까?"

"후회하지 않아요. 그렇지만 잘한 일이라고 생각지도 않아요. 막연할 뿐이에요."

"유 선생의 경우하고 반대지만 저도 막연할 뿐입니다."

"무슨 말씀이신지?"

강옥은 고개를 갸웃거렸다.

"옛날에 저에게도 그런 사람이 있었습니다."

"약혼자가요?"

"약혼한 사이는 아니었죠. 집안 사람들은 아무도 모릅니다. 혜숙이도 모르는 일이죠. 그러니까 사변 때죠. 서울에 있을 때 그 사람을 알았습니다. 그러나 그 사람은 죽은 게 아니고 떠났죠."

"어디루요?"

"이북으로 갔습니다."

"왜요?"

"그 사람은 애인보다 이념을 택한 모양입니다."

"……."

"그 후 저는 낙향하여 고향에 묻힐 생각을 했습니다. 그러나 지금은 잊어버렸습니다. 서글픈 얘깁니다만 얼굴도 희미하게, 눈앞에 잘 떠오르지 않는군요. 남과 같이 결혼을 하고 자식을 낳고, 그저 막연하군요. 허허허……."

남성우는 공허한 웃음을 울리는 것이었다.

'지금은 잊어버렸다구? 얼굴도 희미하게 떠오르지 않는다구?'

강옥은 아연했다. 남성우의 경우와 자기의 경우가 너무나 흡사했기 때문이다. 무의미한 세월을 보내고 있다는 공통된 괴로움에 강옥은 몇 발짝 더 가까이 남성우 곁으로 다가선 느낌이 들었던 것이다.

"결혼 생활은…… 행복하지 못하셨군요."

"행복이고 불행이고 거의 생각해 본 일이 없었습니다."

그들 사이에는 다시 말이 끊어졌다. 눈은 조용히 조용히 내려쌓인다.

"선생님 댁은?"

"이 세상 밖입니다."

강옥은 빙긋이 웃는다.

"저의 집하고 방향이 같으시군요."

"반대편입니다."

"그럼 그쪽으로 가셔야죠."

"댁까지 바래다드리겠습니다."

"……."

"싫으십니까?"

"남들이 오해할까 봐요."

"소심하시군요. 눈이 이렇게 내리는데 누가 보겠습니까."

강옥은 더 이상 말하지 않았다.

거의 집 앞에까지 왔을 때

"감사합니다. 이제 다 왔어요."

강옥이 인사를 하자

"유 선생님."

남성우는 손을 쑥 내밀었다.

"악수해 주세요. 이대로 돌아가기가 허전하군요."

"……."

"우정의 표시로."

강옥은 장갑 낀 손을 내밀었다. 남성우는 강옥의 손을 으스러지도록 눌러 잡으며

"감상적인 사나이라고 웃으시겠군요."

하고는 돌아섰다.

대문 앞까지 온 강옥은 숨을 몰아쉬었다. 흥분은 남성우와 헤어진 그 순간보다 헤어지고 난 뒤에 보다 심하게 일었다.

'너무나 급격한 변화였어!'

그러나 강옥은 남성우에 대하여 그러한 것을 애정이라 생각하고 싶지 않았다. 그것은 지금까지의 생활에 비하여 너무나 엄청난 비약이었기 때문이다. 그리고 남성우에게 처자가 있다는 구체적인 사실도 그의 뇌리에 떠오르지 않았다. 남성우의 마음을 생각하는 것보다 자기 자신을 생각하는 일에 더욱더 짙은 안개를 느꼈기 때문이다.

"영순아."

강옥은 살며시 문을 흔들었다.

영순의 발소리가 타박타박 들려왔다.

"어머! 늦으셨네요. 눈이 이렇게 퍼붓는데."

영순이 대문을 열어주며 말했다.

"어머니 진지 드셨니?"

"네."

강옥은 눈을 털면서 마루로 올라섰다.

"이제 오니?"

시어머니는 방문을 열고 내다보며 여느 때와 다름없이 부드러운 음성으로 말했다.

"네, 어머니. 좀 늦었어요."

하는데 마음이 시큼하고 아팠다.

"사뭇 눈을 맞고 왔구나. 감기 들면 어떡하니?"

"괜찮아요, 어머니. 아버님은?"

"아직 안 들어오셨다. 영순아, 어서 저녁 차려라."

"어머니, 걱정 마세요. 문 닫으세요, 바깥 날씨가 추운데."

시어머니가 방문을 닫는 것을 보고 강옥은 방으로 들어왔다. 따뜻한 아랫목에 자리 이불이 깔려 있었다. 강옥은 외투를 벗고 이불 속에 발을 밀어넣으며 크게 한숨을 내쉬었다.

몹시 피곤했다. 그러면서도 울고 싶은 기분이었다. 그는 이불 위에 엎드렸다. 총소리와도 같고 메아리 소리와도 같고 물소리와도 같은 음향이 귓가에서 웅웅거렸다. 그것은 운명의 여울과도 같은 불안한 음향이었다.

"아주머니, 진지 드세요."

영순이 밥상을 들고 와서 방문을 열었다. 강옥은 겨우 몸을 일으켰다.

"어디 편찮으세요?"

"아니."

"아참, 서울서 편지왔어요."

"어디? 가져와 봐."

"책상 위에 있어요."

"음."

강옥은 책상 위에 놓인 편지를 집어 들었다. 서울에 있는 동생 강원康源으로부터 온 편지였다.

영순이가 나가는 것을 보고 강옥은 밥상을 앞에 둔 채 편지를 뜯었다. 내용인즉 취직이 되었다는 반가운 소식과 누님이 놀랄 것 같아서 전보는 치지 않았지만 어머님이 매우 위독하시니 서울에 한 번 올라오라는 불길한 소식이었다.

'어떡허나? 어머니가.'

강옥은 눈앞이 아득해지는 것을 느꼈다.

'가야지, 내일 아침 차로 올라가야지.'

강옥은 한술도 들지 않은 밥상을 밀어내고 그 편지를 든 채 안방 시어머니에게로 갔다.

"어머니, 내일 아침 서울 다녀와야겠어요."

"왜? 무슨 일이 있었느냐?"

"서울 어머니가 편찮으신가 봐요."

"그래? 그럼 다녀와야지. 몹시 편찮으신가?"

"네, 걱정할까 봐 전보를 치지 않았다구요."

이튿날 아침, 강옥은 서울행 열차에 올랐다. 차창 밖은 온통 은세계였다.

기차가 북쪽으로 올라갈수록 눈은 깊었다.

'불과 세 시간이면 갈 수 있는 서울을……'

강옥은 차창에서 눈길을 돌렸다.

일 년에 한두 번 친정이라고 찾아가는 자신을 뉘우쳐본다. 어머니 박씨가 애통해하고 서울의 거리가 그를 외면하고 친구들이 호기심에 찬 눈초리로 바라보고 그러한 모든 상황이 그를 괴롭혀 주었기 때문이다.

"누나는 위선자요. 그런 것을 아름답게 생각하는 것은 시대착오란 말이요. 누구를 위하여 그렇게 살죠? 자기 자신을 위하여 그렇게 산다구요? 그건 정말 오해요."

동생 강원도 서울로 가기만 하면 그런 말을 했었다. 그러나 지금은 그러한 역겨운 생각은 없고, 다만 어머니 생각만 머리에 가득했다. 자기가 서울에 도착하기 전에 어머니가 숨을 거둘지도 모른다는 극단적인 공상마저 들어 그는 전신이 떨려왔다.

'그럴 리야 없겠지. 그 지경이면 전보를 치지 않으려구?'

그러나 그러한 생각은 잠시뿐, 달리는 기차는 소걸음처럼 느리게 느껴지고 마음은 서울이 가까워올수록 초조하기만 하였다.

드디어 강옥은 플랫폼에 내려섰다.

서울역 앞의 광장에서 강옥이 택시를 잡으려고 서둘고 있을 때

"강옥 씨 아니세요?"

굵직한 남자의 목소리가 뒤에서 들려왔다. 강옥은 돌아다보았다.

4

돌아본 강옥은 발을 딱 멈추었다.

"아아."

그의 입에서는 나직이 경악의 소리가 흘러나왔다. 너무나 뜻밖의 사람이 거기 서 있었던 것이다.

중키에 얼굴빛이 검은 사나이였다. 다문 입모습이 퍽 의지적으로 보였으나 눈빛이 좀 허황했다. 그는 잿빛 외투에 잿빛 머플러를 두르고 있었다.

"이 선생님!"

강옥의 입에서 말이 튀어나왔다. 사나이는 강옥의 옆으로 뚜벅뚜벅 걸어왔다.

"혹시 잘못 본 거나 아닌가 싶었죠. 오래간만입니다."

사나이는 빙그레 웃었다.

"정말 오래간만이군요. 그간 안녕하셨어요?"

그렇게 말하는 표정 속에는 복잡한 그늘이 진다.

"지금은 어떻게 무사합니다만 그간 우여곡절이 많았습니다. 하하핫…… 피차가 다 마찬가집니다만."

피차라는 말을 했을 때 사나이의 눈에는 서글픔이 지나갔다.

"참말 뜻밖이에요. 군대에 가셨다는 말을 들었습니다만."

"우리가 만나지 못한 것도 근 십 년 가까운 모양이죠?"

"한 칠 년 됐죠."

사나이는 옛날 약혼자 윤명환의 친구 이치영李致英이었다. 그는 윤명환과 동기 동창일 뿐만 아니라 윤명환과 함께 인턴으로 같은 병원에 근무하고 있었던 사람이다.

이치영은 어떤 의미로는 윤명환과 강옥의 사랑의 역사에 있어서 한 동반자라 볼 수 있는 것이다.

강옥이 이치영을 알게 된 것은 윤명환을 사랑하게 된 후의 일이었다. 윤명환의 소개로 알게 된 것이었다. 그는 윤명환을 따라 강옥의 집에도 가끔 놀러 왔고, 이따금 세 사람이 어울려서 영화를 보러 간 일도 있었다.

이치영은 이미 친구의 애인이요, 약혼자인 강옥에게 허용될 수 없는 연정을 품고 있었다. 그것을 강옥은 어렴풋이 알고 있었다.

졸업식 날 그에게서 보내온 선물 속에

〈강옥 씨의 졸업을 충심으로 기뻐할 수 없는 것을 용서하십

시오. 잊혀질 사나이로부터〉

졸업을 축하할 수 없다는 것은 졸업이 곧 윤명환과의 결혼을 의미하기 때문이다. 강옥은 그들의 우정을 생각하여 그것을 윤명환에게 비밀로 해두었다.

그랬던 사람인 만큼 그를 대하는 강옥의 심정은 착잡한 것이었다. 이치영을 눈앞에 봄으로써 잃어버린 사람, 잃어버린 젊은 날을 회상하게 되는 것은 어쩔 수 없는 일이었다. 희미해지고 의미마저 이제는 상실하고 만 추억들이 빛을 받은 듯한결 강옥의 마음속에 생생히 되살아오는 것이었다.

"어떻게 여길 나오셨어요?"

강옥은 잠긴 목소리로 물었다. 할말은 따로 있을 것 같은 생각이 들면서도.

"시골서 형님이 오셨다가 막 떠났습니다."

"전 어머니가……."

이치영은 강옥의 그 말은 귀담아 듣는 기색도 없이 뚜벅뚜벅 걸어가더니 택시를 잡았다.

"자, 타십시오."

"네?"

강옥은 의아하게 그를 쳐다본다.

"한 이웃이니까요."

"네?"

"강옥 씨 댁 근처에 저도 삽니다."

"어머, 정말이세요?"

강옥은 좀 의외란 표정이다. 그러나 그의 어조는 옛날 그 시절처럼 자기도 모르게 변해지고 있었다. 차에 오르자

"강옥 씨의 소식은 강원 군으로부터 가끔 듣습니다."

"만나세요?"

"더러."

"이번에는 어머니가 편찮으시다고 다녀가라 해서 올라오는 길이에요."

이치영은 강옥을 힐끗 쳐다보더니 담배를 꺼내어 붙여 물었다.

"감기가 좀 드신 모양이더군요."

"위급한 상태는 아닌지요?"

"연세가 드셨으니까."

"이 선생님은……."

"이웃에 개업하고 있으니까 몸이 편찮으시면 제가 가보군 하죠. 뭐 별로 걱정하실 것 없습니다."

"전 그것도 모르고 얼마나 걱정을 했는지."

강옥은 시름을 풀 듯 가볍게 한숨 짓는다.

"아마도 어머니께서 강옥 씨가 몹시 보고 싶었던 모양이죠? 하하핫……."

웃는데 그 웃음 속에는 초조해하는 것이 있는 듯싶었다.

"그런 줄 알았다면 이렇게 허둥지둥 올라오지는 않았을 거

예요."

"강옥 씨는…… 그렇게도 그곳에 집착을 가지고 계세요?"

이치영의 목소리는 무거웠다.

"집착?"

강옥의 눈은 잠시 내려갔다.

"어제 시험이 끝났는데 답안지를 다른 분한테 맡겨놓고 왔거던요."

"답안지라뇨?"

이치영은 의아한 눈초리로 강옥이 옆모습을 쳐다본다.

"학교에 나가고 있어요."

"네? 그러세요?"

강옥은 학교라는 말이 입 밖에 나왔을 때 눈앞에 남성우의 모습이 지나가는 것을 보았다. 전혀 예기하지 못한 일이었다.

'내 몫의 것까지 채점하시려면 힘드실 거야.'

강옥은 애써 남성우의 모습을 지우려 했다.

강옥은 아침에 집을 나오면서 식모아이를 시켜 남성우에게 답안지의 채점을 부탁했던 것이다. 남성우가 영어 교사였기 때문이다.

눈이 펑펑 쏟아지는 어젯밤 일을 강옥은 생각했다. 헤어지는 순간보다 헤어진 뒤에 강한 감정이 일던 일을 생각해 보는 것이었다. 강옥은 머리를 흔들었다. 그러나 아픔 같고 허용할 수 없는 감정이 남성우 얼굴과 더불어 강옥의 마음속에 물결

치는 것이었다.

"언제부터 학교에 나가시죠?"

이치영의 말에 강옥은 자신도 모르게 얼굴을 붉힌다.

"두 달쯤 됐어요."

"어떻게 그런 심경의 변화가 일어났을까요?"

"시부모님이 권하셨어요. 보기가 딱했던 모양이죠."

강옥은 처음으로 웃었다.

"호오?"

자동차는 남대문을 빠져 광화문에서 안국동으로 돌아가고 있었다.

"강옥 씨는 도무지 변하지 않았군요. 옛날과 조금도……."

"늙었죠 뭐, 선생님도 변하지 않았어요."

"변하지 않을 턱이 있습니까."

"물론 결혼은 하셨겠죠?"

"……."

"자녀분은 몇이나 두셨어요?"

"몇이나 될 성싶습니까?"

이치영은 입가에 쓰디쓴 웃음을 띤다.

"제가 어떻게 알아요?"

"강원 군도 이젠 취직한 모양이더군요."

이치영은 화제를 돌렸다.

"취직했다는 편지 받았어요."

"강원 군은 취직이 이른 편입니다. 학교 나와서 이삼 년 동안을 노는 사람에 비하면."

"글쎄요, 다행이긴 하지만."

"어머님께서 이젠 한결 마음을 놓으시겠어요."

"어머니, 너무 마음고생을 하셔서 이제는 좀 편안하셔도 좋으련만."

"어디 그렇겠습니까? 강옥 씨 땜에 시름 가실 날이 없으신 모양이더군요."

"공연한 걱정이세요."

"어디 어머님 마음이 그런가요? 강원 군은 착실해서 젊은 사람이…… 우리네들 하곤 사뭇 다르더군요. 실질적이구…… ."

"그애는 워낙 그런 애예요. 우리 세대를 경멸하고 있죠."

"경멸이야 하겠어요? 다 누님을 위하는 마음에서 그런 거죠."

"그야 그렇겠죠."

"일전에 어머님이 편찮으시다 하기에 갔더니 어머님 말씀이 강원 군에게 혼담이 있다구요."

"네?"

"모르셨어요?"

"초문인데요."

"본인의 의사가 있는 모양입니다. 다만 누님 걱정을 몹시 하더군요."

"…… ."

"강옥 씨."

"네?"

"지금도 명환이를 생각하구 계세요?"

"……."

"지나치시지 않습니까?"

"알고 있어요."

"제가 말하기는 거북한 일입니다만 너무 희생이 큽니다."

"희생이 아니에요. 자기 자신이 구원받고 싶었을 뿐이에요."

"역시 지금도 사랑하고 계시군."

이치영은 가볍게 한숨을 내쉬었다.

"그런 뜻은 아니에요. 자기 자신을……."

하다가 강옥은 그만둔다.

"미안합니다. 감정을 상해드려서."

"아니에요. 이 선생님 우정 고맙게 생각해요."

강옥은 우정이라는 말에 힘을 주었다. 이치영은 우정이라는
말이 나오자 안면 근육이 좀 흔들렸다. 그들은 차에서 내렸다.

"기왕 여까지 왔으니 저도 한번 들렀다 가죠."

하며 이치영은 강옥의 뒤를 따랐다. 집 안으로 들어간 강옥은

"어머니!"

하고 마치 공부 갔다 돌아온 여학생처럼 어머니를 부른다.

"이그머니!"

강옥의 어머니는 방문을 화닥닥 열고 내다본다. 식모가 쫓

아 나와서 강옥으로부터 트렁크를 받아 든다. 마당에 우뚝 서 있는 이치영에게 눈이 간 강옥의 어머니는 눈을 크게 뜨고

"이 선생은 웬일이오?"

"역에서 우연히 만났습니다."

"음…… 그랬어요. 자, 어서 올라오너라. 이 선생도 같이 올라오시구."

강옥의 어머니는 자리에서 일어서며 반갑게 그를 맞이한다. 강옥이 자리에 앉자,

"그간 별일 없었니?"

강옥의 어머니는 소매 속에서 손수건을 꺼내어 코를 닦고 눈물을 닦는다.

"편지 보고 한번 올라올 줄은 알았다만 이렇게 빨리 올라올 줄은 몰랐구나."

"강원은 회사 나갔어요?"

"아니다."

"그럼?"

"숙직하고 오늘은 쉬는 날인데 볼일이 있다면서 잠시 밖에 나갔단다. 곧 돌아올 게다."

"얼마나 놀랐는지 몰라요."

"왜?"

"강원의 편지엔 대단하시다 했거든요. 놀랄까 봐 전보는 안 친다 했으니 걱정이 되지 뭐예요."

"널 올라오게 하느라고 그랬나 보다. 그렇게라도 하지 않으면 네가 이리 빨리 올라오겠니?"

강옥의 어머니는 눈물을 거두며 흐뭇이 웃는다. 그리고 의미심장한 눈으로 이치영을 바라보는 것이었다.

이치영은 얼마 후 돌아갔다. 돌아가면서

"강옥 씨를 조용히 만나봤음 좋겠는데……."

"전 학교 때문에 빨리 내려가야 해요."

"그러세요?"

이치영은 한참 생각에 잠기는 듯하더니 대문을 밀고 나갔다.

이치영이 나간 지 얼마 되지 않아 강원이 돌아왔다. 그는 밖에서 식모에게 이야기를 들었는지 마루로 올라서면서

"누님 왔수?"

"음."

강옥은 방문을 열고 내다본다. 신사복을 입은 모습이 말쑥하다.

"이제 제법 사회인 같구나."

강옥의 마음도 동생의 그런 모습을 보니 대견했다.

'중학생 때가 어제만 같은데…….'

"언제는 제가 사회인이 아니던가요? 누님이야말로 이제부터는 좀 사람 속에서 살아보슈."

강원은 방문을 닫고 들어서면서부터 핀잔이다.

"이 애, 깔보지 말어. 나도 이젠 사회인이란다."

"그건 무슨 뜻이요?"

"이래 봬도 난 여학교 선생님이야."

"뭐요?"

강원이 강옥 옆에 바싹 다가앉는다.

"강옥아, 그거 정말이야?"

어머니도 놀라며 묻는다.

"왜 거짓말을 하겠어요?"

강옥은 송화여고에 나가게 된 경위를 대강 설명했다.

"왜 그런지 전보다 눈동자가 좀 바로 박혔다 생각했더니……."

"강원아!"

어머니는 엄숙한 목소리로 아들을 부른다.

"너 누이한테 그 말버릇이 뭐냐?"

꾸짖는다.

"잘못됐습니다."

강옥은 허허 하고 웃는다.

"그러나저러나 학교에 나간 일은 좋습니다만 한평생을 훈장으로 늙힐 작정이요?"

강원의 표정은 순간 심각해졌다.

"또 시작이구나."

강옥은 웃는다.

"농치지 말고 좀 심각하게 생각해 보시오."

"생각하면 뭘 하니."

강옥은 회피하려 든다.

"이번만은 좀 따져야겠어요. 속임수까지 써서 올라오게 했는데 무슨 결단이 나야죠."

"애두 참, 자꾸 그러면 난 내려가겠어, 시험 답안지 채점도 못하구 올라왔는데……."

"그거 그렇게 큰일이요?"

"큰일이지 않구?"

"아무 말 마시구 이번에는 제발 좀 들어주시우, 저도 장가 가야 할 거 아니요."

"가려무나, 누가 못 가래?"

"오라비 두고 시집 먼저 가는 동생은 있어도 누님 두고 먼저 장가가는 동생은 아마 없을 거요. 모르면 몰라도."

"내가 뭐 시집 안 갔나 뭐……."

강옥은 슬며시 외면을 했다.

"거 기맥히는 소리 아예 하지도 마시오. 신랑도 없는 시집이 어디 있단 말이오? 그야말로 기상천외의 현상이지."

"……."

"누님은 적어도 현대에 살고 있단 말이오. 지금은 이조 봉건 시대가 아니라는 것을 명심하세요. 뭐예요? 미라처럼."

"그래, 난 미라야. 사람 아냐."

강옥은 화를 낸다.

"애들아, 싸우지 말고 좋게 얘기하려무나. 온 강원이 넌 너무 우격다짐으로 그러면 쓰겠니?"

어머니가 말린다.

"참, 아까 이 선생이 오셨더라."

어머니는 화제를 돌린다.

"네? 벌써요?"

"강옥이하고 같이."

"뭐라구요?"

"역에서 우연히 만나서 같이 왔더구나."

"허, 그것 참 척척 들어맞어 가는구먼."

순간 강옥의 표정이 확 변한다.

"누님, 우리 저 방으로 좀 갑시다. 조용히 할 얘기가 있어요."

"여기서 하려무나. 어머니 앞에서 못 할 얘기가 어딨니?"

강옥은 완연히 회피하려 든다.

"에이 참, 그러지 말구요."

강원은 강옥의 팔을 잡아끌었다. 그리고 건넌방으로 끌고
갔다.

"뭐냐? 난폭하게."

"누님한테는 폭력이라도 행사하지 않으면 안될 거요. 에이,
내 경우라면 그만……."

하고 씩 웃는다.

"무슨 말인지 빨리 해. 난 내려가야 한다. 겨울방학에 다시
오는 한이 있더라도……."

"누님, 나 솔직히 말하리다."

강원의 얼굴에서 웃음이 사라지고 강옥의 얼굴을 뚫어지게 바라본다.

"누님은 이치영이란 사람을 어떻게 생각하시오?"

강옥은 강원의 얼굴을 힐끗 쳐다보다가 이내 눈길을 돌린다.

"그거 무슨 뜻으로 하는 말이지?"

"결합되기 바라고 하는 말이요. 이 선생은 누님만 받아들인다면 결혼하겠다는 생각을 갖고 있소."

안방에서 주고받은 말로 미루어 예기하지 않았던 일은 아니었다. 그러나 막상 듣고 보니 강옥은 당황하지 않을 수 없었다.

"그분, 그분이 그럼 상처를 했단 말이냐?"

강옥은 방바닥을 내려다보며 묻는다.

"아뇨."

"그럼?"

"애당초 결혼하지 않았소."

"여태? 왜?"

"그걸 누님이 몰라서 묻는 거요?"

"……."

"누님 자신이 누구보다 잘 알 거 아니요."

"……."

"독신으로 지냈다 하여 뭐 반드시 누님하고 결혼하겠다는 것은 아니었겠죠. 막상 결혼을 할려고 생각하면 누님 환상 때문에 그것을 결행할 수 없었다는 거예요. 난 잘은 모르지만 누님도 그분을 싫어하지는 않는다고 생각하는데요?"

"난, 난 그렇게는 할 수 없어."

강옥은 세차게 고개를 흔들었다. 강원의 눈에 노여운 빛이 돌았다. 사실 그는 누이동생만 같아도 한 대 쳐주고 싶은 기분이었던 것이다.

"한번 생각해 보세요. 누님은 이제 젊지 않아요. 다시는 이런 기회가 오지 않을 겁니다. 어머니 생각도 좀 하셔야잖아요."

강원은 노여움을 꾹 참고 달래듯 말한다. 그 말에는 강옥도 할말이 없는 모양이다.

"나 내려가겠어."

"내려간다구요?"

강원은 드디어 화를 발끈 내고 말았다.

"나 내려가서 생각해 볼게. 그리구 며칠 있으면 겨울방학이니까 그때 다시 오면 되잖어? 성적을 내놔야지, 책임상."

"학생들의 성적이 누님의 인생만큼 소중한가요?"

"겨울방학에 온다잖어."

한참 옥신각신하다가 겨울방학에 올라온다는 굳은 약속이 있은 뒤 강옥은 풀려나왔다.

세 사람이 둘러앉아 점심을 먹고 강옥은 부랴부랴 일어

섰다.

"오늘 저녁까지 내려갈려면 곧 떠나야 해."

강옥은 불안해하는 어머니와 동생을 남겨놓고 조금 전에 내린 서울역으로 택시를 몰았다.

기차에 올랐을 때 강옥은 자기 자신이 산산조각이 난 듯한 피곤함을 느꼈다. 모든 일들은 너무나 빠른 속도 속에서 전개되어 가는 것만 같았다. 이치영과 남성우 두 사나이는 거의 동시에 강옥의 마음에다 돌을 던진 것이다.

어둑어둑해질 무렵 강옥은 피곤한 하루의 여행을 끝냈다. 그는 역에 내려서자 이내 공중전화 있는 곳으로 달려갔다. 그는 학교에다 전화를 걸었다. 소사가 전화를 받았다.

"저 유강옥입니다. 직원실에 다른 선생님 안 계세요?"

"한 분 계십니다."

"어느 선생님이세요?"

"남성우 선생이 남아 계십니다."

"남성우 선생님?"

"채점하구 계십니다."

"좀 바꿔주시겠어요?"

한참 후 남성우가 수화기를 드는 모양이다.

"아, 선생님, 저예요."

"아, 유 선생님, 웬일이시죠? 서울 가셨다 하던데."

"지금 막 돌아왔어요."

"그렇게 빨리요?"

"걱정이 돼서요."

"지금 선생님 것 채점하고 있습니다."

"죄송합니다. 곧 가겠어요. 선생님도 피곤하실 텐데……."

"지금 학교로 오시겠어요?"

"네, 답안지 가지러 가겠어요."

강옥은 수화기를 놓고 크게 숨을 내쉬었다.

5

'집에 들렀다가 어머니한테 인사하고 가방이나 두고 갈까?'

그러나 여행용 가방은 그다지 무겁지도 않았고 크지도 않았다.

'남 선생님이 기다리실 테니까…… 빨리 갔다 오지.'

강옥은 마음을 고쳐먹고 학교로 향하였다.

가파른 언덕길에 올라섰을 때 바람은 강옥의 얼굴을 매섭게 내리쳤다. 그러나 그의 마음에는 따뜻한 온기가 흐르고 있었다. 그 자신 깊이 깨닫고 있지는 않았으나 그런 따뜻하고 부드러운 마음의 흐름은 신비스러운 것이었고 봄으로 흘러가는 시냇물처럼 은밀한 것이었다. 강옥은 언제나처럼 자기 응시에 사로잡혀 있지 않았다. 자욱한 안갯속에 헤엄쳐 가는 환상 속에 있었던 것이다.

그는 교정으로 들어섰다. 삼층의 거대한 건물, 쪽 고른 이빨처럼 창문들이 강옥의 시야에 들어왔다. 엄연한 현실이 강옥의 이마를 내리치는 듯했다.

아래층 한가운데서 불이 새어 나오고 있었다. 직원실이었던 것이다.

강옥은 현관을 거쳐 복도로 돌아 나갔다. 직원실에서 희미한 불빛이 새어 나와 복도를 비춰주고 있다. 강옥은 복도 벽에 비친 자기 그림자를 바라보며 우두커니 서버린다.

'혼자이구나, 혼자서 이 밤에…….'

그림자는, 혼자다, 너는, 너는 혼자다! 하며 강옥에게 자꾸만 윽박지르는 것만 같았다.

언덕길보다 한결 공기는 누그러진 교사 안이건만 강옥은 자기 마음속을 별안간 회오리바람이 몰고 지나가는 것을 느낀다. 외로움보다도 절망감에 그는 전신이 오들오들 떨려왔다.

'허둥지둥 달려왔구나. 답안지 때문에 네가 이곳에 왔단 말이냐? 이렇게 고독에 찌든 가련한 모습을 하구서…….'

강옥은 직원실의 문을 밀었다. 얼었던 볼에 실내의 열기가 확 스쳐온다. 그러나 직원실 안은 무인지경처럼 괴괴하였다.

소사 최 씨는 난로 옆의 의자들을 모아놓고 몸을 움츠러들이며 누워 있었다. 잠이 든 모양이다.

남성우는 의자 모서리에 한 팔을 걸쳐놓고 강옥에게 등을

보이는 자세로 담배를 피우고 있었다. 그 모습은 거의 자실
상태에 빠져 있는 듯한 모습 속에서 범하기 어려운 인간과 인
간의 거리를 느껴 두려웠다.

그는 조심스럽게 다가갔다. 그래도 남성우는 모르는 모양
이었다. 그는 담배 연기를 내뿜으며 담배 연기가 사라지는 곳
에 시선을 막연히 던지고 있었다.

"선생님."

남성우는 돌아다보았다. 늪처럼 깊고 어두운 눈빛이었다.

"아아."

비로소 그는 강옥을 인식한 듯 가벼운 놀라움을 표시한다.
그러나 그 놀라움에는 이상하게도 노여움 같은 것이 되섞여 있
었다.

"죄송합니다."

강옥은 가방을 마룻바닥에 살그머니 놓고 검은 장갑을 낀
손을 조심스럽게 맞잡으며 고개를 숙인다. 그러나 남성우는
민망할 지경으로 강옥의 얼굴을 바라볼 뿐이다.

장갑 빛과 같은 검은 외투에다 회색빛 머플러를 두르고 있
는 강옥의 얼굴에 가벼운 경련이 인다. 숨이 막히도록 감미하
고 처절한 서로의 응시였던 것이다.

남성우는 한 팔을 의자 모서리에 걸친 채 시선을 답안지 위
에 옮겼다.

"왜 벌써 오셨습니까?"

"걱정이 되구."

"이 답안지 때문에?"

"네, 그리구 어머니도 대단치 않았어요."

남성우는 강옥의 목소리가 먼 곳에서 울려온다고 생각했다. 옥잠화같이 순박하고 아름다운 이 여자가 바로 눈앞에 있는데 사람의 마음을 흔들어주는 듯한 그 잠긴 목소리는 한없이 먼 곳에서 울려오고 있다고 생각했다. 옥잠화의 빛깔처럼 순백의 상복을 마음속에 걸치고 있는 때문인지도 모른다고 남성우는 생각했다.

"절반가량 채점했습니다만."

남성우는 책상 위에 펴놓았던 시험지를 돌돌 말아 고무줄을 끼우더니 강옥에게 쑥 내밀었다.

"감사합니다."

그 말 대답은 하지 않고 남성우는 일어섰다. 그리고 외투를 걸치더니 잠들어 있는 소사 최 씨를 흔들어 깨웠다.

소사는 눈을 비비고 하품을 하며 부시시 일어났다.

"가실까요?"

"네."

그들은 밖으로 나왔다. 교정을 지나는 동안 한마디의 말도 서로가 건네지 않았다.

언덕길로 나왔다. 마른 나뭇가지에는 어젯밤에 내린 눈이 그대로 소복이 얹혀 있었다. 달도 없는 어두운 하늘이었으나 눈이 희미한 밝음이 되어 사방에 빛을 던져주고 있었다.

바람이 휭 하고 몰아친다. 가지 위에 얹힌 눈이 안개처럼 날아내린다. 강옥의 머플러 위에도 남성우의 외투 깃 위에도 날아내린다.

남성우는 외투 깃을 세우며 한다는 말이

"쇼팡의 장송곡 같은 밤이군요."

하고는 낮은 목소리를 내어 웃는다.

"어머."

강옥은 한 손으로 입술을 가리며 남성우를 힐끗 쳐다본다.

"죽음도 쇼팡의 장송곡의 세계처럼 아름답다면 한번 해볼 만한 일이 아닙니까?"

"왜 그런 말씀을 하세요?"

"강옥 씨는 죽음을 무섭다고 생각하십니까?"

유 선생이라 하지 않고 별안간 강옥 씨라 하는 바람에 강옥은 움칠한다.

"별로 생각해 본 일 없어요."

그는 엉겁결에 그렇게 대답했다.

"서울에도 눈이 왔었나요?"

남성우는 화제를 돌렸다.

"아뇨."

"전 오해했습니다."

"……?"

“갑자기 유 선생이 서울로 떠나시게 된 일을.”

이번에는 유 선생이라 불렀다.

“어떻게…….”

“어젯밤에, 그렇죠 어젯밤에, 먼 날의 일 같습니다만 제가 실례된 짓이나 하지 않았는가 싶었습니다. 그래서 유 선생께서는…….”

남성우는 말끝을 맺지 않았다.

“아니에요. 어젯밤…… 그런 일 때문에 떠난 건 아니었어요.”

“다행입니다.”

남성우는 짧게 끊어버린다.

바람이 다시 휙 불어왔다. 눈이 안개처럼 날아내린다. 남성우는 고개를 돌려 강옥을 쳐다본다.

“인 주세요. 그거.”

남성우는 돌발적으로 강옥이 든 가방을 빼앗아 들었다. 뺏을 때 남성우의 손이 강옥의 손에 스쳤다.

“아, 아니 괜찮아요. 장갑도…….”

안 끼었는데 하려다가 강옥은 입을 다물어버린다.

“아무리 추워도 장갑만은 끼기가 싫더군요. 뭔지 자기 자신의 체온을 느낄 수 없는 것 같아서.”

남성우는 낮은 목소리를 내어 무심히 웃었다. 남성우의 웃음은 강옥의 긴장감을 풀어주었다.

“그런데 고명애라는 애는 어떻게 됐어요?”

강옥은 문득 생각이 나서 물었다.

"아아, 오늘 결석했습니다."

남성우는 금방 무심히 웃음을 거두었다.

"그 일 때문에……."

"그 일 때문에 결석했겠군, 결석은 본시 잘하는 아이였지만."

"제가 끝내 못 본 척했으면 좋았을 걸 그랬죠?"

"교사의 입장으로 그럴 수는 없는 일 아닙니까."

"하지만 결과적으론 부정을 한 것도 아닌데……."

"그걸 어찌 미리 알 수 있겠습니까. 그만한 일로 신경 쓰지 마세요. 앞으로 겪어야 할 신비한 일이 더 많을 테니까요?"

"신비한 일?"

"신비하다는 말이 마음에 걸리십니까? 아이들에게는 특히 사춘기에 있는 여학생들에게는 정말 구름처럼 잡기 힘든 게 있어요. 이해할 수 없는, 그러면서도 그것은 그 애들의 정상적인 생리니까 말입니다. 우리들보다 여선생님들은 좀 나을 겁니다, 그분들의 소녀 시절을 참고로 하면. 우리네들은 어디 그렇습니까?"

"소녀 시절의 일을 아무리 생각해 봐도 지금 소녀들의 세계와는 다른 것 같아요. 여학생 시절의 일을 생각해 봐도 전 고명애 같은 아이의 심리를 이해할 수 없어요."

"그야 한 사람 한 사람의 개성이 다 다르니까. 고명애는 애정에 목마른 아입니다. 그런데 반대로 표현된 거죠. 그러나 지나치게 생각하실 필요는 없습니다."

한참 동안 말없이 걷다가

"그래, 서울 가서서는……."

남성우는 강옥이 서울 간 일이 역시 궁금했던 모양이다. 그는 다시 그 말을 꺼내었다.

"동생한테 설교만 듣고 왔어요."

강옥은 그 말을 한 순간 이치영을 생각했다.

"왜요?"

남성우는 발부리를 내려다보며 묻는다.

"저의 생활이 못마땅해서 그러는가 봐요."

강옥은 아차 싶었다. 그러나 그는 어느새 남성우에게 자기 자신의 마음을 기대놓고 있었던 것이다. 그는 당황하며 입술을 지그시 물었다. 남성우는 아무 말 없다가 한참 만에

"혼담이 있었군요."

남성우는 직통으로 쏘았다. 강옥이 대답을 미처 못 하는데

"그렇죠?"

하며 남성우는 거듭 다잡듯 말했다.

"어떻게 그걸?"

"영감인 모양이죠."

남성우는 껄껄 웃는다. 허탈한 웃음이었다. 남성우는 가방을 핑계 삼으며 어젯밤처럼 강옥을 그의 집 앞에까지 데려다

주었다.

"그럼 안녕히 가세요."

강옥은 인사를 했다. 그러나 그 인사에는 무관심한 듯한 표정으로

"강옥 씨."

또 강옥이라 불렀다.

"결혼하십시오. 그리고 서울로 가세요. 이곳은 강옥 씨를 위하여, 그렇습니다, 있을 곳이 못 되죠."

남성우는 강옥의 말도 들으려 하지 않고 발길을 돌리더니 길모퉁이로 사라지고 말았다. 멍하니 서 있는 강옥의 눈에는 바람이 부는 것도 아니요, 눈이 날아내리는 것도 아닌데 눈앞이 뿌옇게 흐려지는 것이었다.

대문을 두드려 집 안으로 들어가자 계집아이는

"어머! 벌써 오세요?"

하며 매우 놀란다.

"아버님은?"

"여태 안 들어오셨어요."

"어머님은 안에 계시지?"

"네."

강옥은 가방을 마룻바닥에 두고 안방으로 들어갔다.

"웬일이냐?"

시어머니는 의아하게 강옥을 쳐다보았다.

"걱정이 되어 당일로 다녀왔습니다."

"그래, 병환은?"

"대단치 않은 모양이에요."

"그래도 기왕 간 김에 며칠 쉬었다 올 일이지."

"학교 일 때문에……."

강옥은 한없이 착하게만 보이는 시어머니의 얼굴을 바로 쳐다볼 수가 없었다. 그는 답안지의 채점을 핑계 삼아 일찍이 자기 방으로 물러났다. 책상 앞에 답안지를 펴놨으나 마음은 산란하여 한 장을 보는 데도 많은 시간이 걸렸다.

이튿날 학교에 나갔을 때 전영자는 이상한 눈길을 강옥에게 보냈다. 그러나 다른 선생들은 한마디씩 인사를 하며 일찍 오지 않아도 될 것을 그랬다고들 했다. 남성우만은 묵묵히 앉아 있었다. 그리고 강옥에게 한 번도 시선을 보내지 않았다.

오전의 수업이 끝나고 점심시간이 됐을 때 옆에 있던 전영자가 의자를 돌리고 강옥을 향해 앉았다. 강옥은 전영자가 무슨 말을 또 하려나 보다 하고 생각했으나 얼굴을 들지 않았다.

"유 선생."

"네."

"어젯밤에 왜 떠나지 않으셨어요?"

강옥은 눈을 한 번 깜박이며 모르겠다는 표정으로 전영자를 쳐다본다.

"어젯밤에 말예요."

"떠나기는 아침에 떠났는데요?"

"어젯밤에 떠나기로 하시잖았던가요?"

"무슨 뜻인지 잘 모르겠는데?"

"어지간하셔?"

"……?"

"어젯밤에 보스턴백을 들고 두 분이 나란히 가시는 걸 봤는데 그러세요?"

"어머!"

"놀라실 것까지는 없어요. 어디로 두 분이 떠나는 줄 알았는데 아침에 나오셨으니 좀 이상해서 물어본 것뿐예요."

강옥의 얼굴이 새빨개진다. 그 얼굴을 전영자는 저주에 찬 눈으로 바라보고 있었다.

"지나친 억측은 삼가주세요. 전 역에서 내려가지구 답안지 받으러 온 것뿐예요."

말을 하면서도 강옥은 구차하게 그런 변명을 하지 않으면 안 되는 자기 자신이 서글퍼졌다.

"오오, 그러세요? 난 또……."

전영자는 약간 후회하는 기색을 보였다. 그러나 이내 도전적인 웃음을 띠우며

"하도 다정스럽게 보스턴백까지 들고 가시니 누가 봐도 오해하게 돼 있지 않아요? 호호호……."

까드라지게 웃고는 강옥이 뭐라고 말할 사이도 없이 그는 자리에서 일어나 훌쩍 밖으로 나가버린다.

'내가 만일 남 선생님을 사랑한다면 전 선생의 말을 모욕으로 들을 수 있을까?'

강옥은 펜 끝으로 시험지를 꾹꾹 눌러 보았다. 누를 때마다 가슴이 시큼시큼 아픈 것만 같았다.

"유 선생, 전홥니다."

강옥은 놀라며 얼굴을 들었다. 이영기 선생이 수화기를 들고 있었다.

강옥은 얼른 가서 수화기를 들었다.

"강옥이냐?"

"응."

혜숙이었다.

"서울 갔더라면?"

"응, 뉘한테 들었니?"

"장에서 너이네 집 계집애를 만났지."

"그래?"

"빨리 내려온 것 보니까 어머니 병환은 대단치 않던 모양이지?"

"음, 노쇠하시구 감기가 좀……."

"그만한 일루? 실상은 다른 일 땜에 널 오라 한 거 아니야?"

"……."

"그렇지? 응?"

"아무것도 아냐."

"능청 떨지 말어. 혼담이 있었겠지. 뻔하지 않어."

"수선스럽기는······."

"하여간 그건 널 만나서 보고를 받기로 하고, 너 내일 우리 집에 오너라. 일요일이니 말야."

"싫다."

"그러지 말고, 애아버지도 서울 가고 없어."

"내일은 푹 쉬어야지."

"잔말 말구 와. 사실은 내일 우리 꼬마 생일이야."

"나 사람 많이 오는 덴 싫다!"

"애두 코 삐었니? 그러나 아무도 오지 않아. 너 혼자만 초대한단 말이야."

"내가 너이 집에서 그렇게도 비중이 크냐?"

"비중이고 뭐고 미역국밖에 안 끓일걸."

가지 않는다 하면 언제까지 전화에 늘어지고 있을지 몰라서 강옥은

"그럼 가마. 이제 전화 끊어라. 정말 넌 태평성세로구나."

"꼭 와야 한다!"

전화가 끊어졌다. 강옥이 수화기를 놓고 막 돌아서려고 하는데 전화벨이 요란스럽게 울리기 시작했다. 강옥은 무심히 수화기를 다시 들었다.

"여보세요, 거기 송화여고죠?"

아주 낮은 여자의 목소리다.

"네, 그렇습니다."

강옥은 정중히 대답했다.

"남성우 선생 계시죠?"

강옥은 자기도 모르게 가슴이 울렁거렸다.

"계십니다."

"여기 집인데 좀 바꿔주세요."

'부인이구나!'

강옥은 수화기를 놓고 남성우 옆으로 갔다.

"전화예요."

"어디서?"

"댁에서 거셨나 봐요."

순간 남성우와 강옥의 눈이 강하게 부딪쳤다. 그러나 남성
우의 표정은 이내 딱딱하게 굳어버린다. 강옥은 자리로 돌아
왔다.

남성우는 수화기를 들고 있는 모양이었다. 그러나 그쪽에
서만 주로 말을 하는 모양으로 그의 입에서는 한마디의 말도
나오지 않았다. 끝내 말 한마디 하지 않은 채 수화기를 내던
지듯 내려놓고 그는 자리로 돌아갔다.

강옥은 밤에 잠이 오지 않았다. 전영자의 말투 하나하나가
되살아나서 괴로웠다. 그러나 그보다 남성우 부인의 목소리

는 보다 비참한 현실로서 그의 가슴을 팍팍 누르는 것이었다.

날이 새어 시부모에게 모처럼 아침 인사를 드리고 얼쩡거리다가 그는 열한 시쯤 해서 집을 나섰다. 어제 혜숙에게 한 약속을 존중하는 마음에서라기보다 그는 이러한 괴로움의 배설구를 찾기 위하여 나갔다는 게 정확했을 것이다.

그는 자그마한 백화점에 들러서 아이의 장난감을 사서 들고 혜숙이의 집으로 갔다. 그의 말대로 집에는 그의 남편도 없었고 다른 사람도 한 사람 없었다.

"약속을 지켜주어서 기특하구나."

"애두……."

방으로 들어가자 혜숙은 강옥의 수척해진 얼굴을 빤히 쳐다본다.

"왜 그렇게 보니?"

강옥이 얼굴을 찌푸리자 혜숙은 얼굴을 돌린다.

"그래, 서울에는 무슨 일이 있었니?"

"시집가라는 거지 뭐."

강옥은 남성우와의 관계를 커버하기 위하여 구태여 서울의 일을 감추지 않았다.

"그래서?"

"그래서라니?"

"너 생각이 어떠냐 말이다."

강옥은 아무 말도 못 한다.

"흥미 없는 말이지?"

혜숙은 연보랏빛 양단 저고리의 소매 끝을 걷으며 어느 때보다 심각한 눈으로 강옥을 응시한다.

"전에 알던 사람이야."

강옥은 낮은 소리로 뇌며 시선을 옷감 있는 곳으로 보낸다.

"전에?"

"음, 없어진 사람의 친구야."

"윤명환 씨 친구란 말이지?"

강옥은 고개를 끄덕인다.

"그래, 그분이 상처라도 했단 말이냐?"

"아니."

"그럼 이혼했나?"

"아니."

"그럼 뭐야?"

"아직 독신이란다."

"호호? 그래애?"

강옥은 결국 혜숙이 파고 묻는 바람에 이치영에 대하여 어디까지나 객관적인 태도로 말했다.

"그래? 참 그런 사람도 다 있니? 너와 생리가 같군 그래."
하며 호들갑을 떨다가

"그래, 너 생각은 어떠냐? 내 생각 같아서는 널 위해 참 좋은 상대라 생각하는데……."

"동생도 그렇게 말하더군."

강옥은 남의 일처럼 말하면서 끝내 자기의 감정을 밝히려 하지 않는다.

"강옥아?"

"……."

"나 정말 널 위해 하는 말이야. 그분한테 시집가아. 이런 말 하면 넌 오해할지 모르겠다만 넌 이곳을 떠야만 좋을 것 같다. 뭔지 난 불길한 예감이 들어서……."

강옥은 혜숙의 얼굴을 빤히 쳐다본다.

"좀 더 솔직히 말해줄 수 없니? 넌 전에도 이상한 말을 하더구나."

"나로서는 솔직히 말할 수 없다. 일방적인 감정이니까 말이야."

"일방적?"

"그래, 일방적이야. 혼자서 가지는 감정을 내가 뭐라겠니?"

"그 말 남 선생을 두고 하는 말이냐?"

혜숙의 낯빛이 좀 변한다.

6

혜숙도 놀랐지만 불쑥 말을 해버린 강옥의 놀라움이 더 컸다. 강옥의 맑은 그 동공이 갑자기 확대되는 듯하더니 움직이지 않았다.

"너도 알고 있었구나."

혜숙은 힘이 빠진 목소리로 뇌더니 강옥의 눈을 더 이상 바라보고 있기가 괴로웠던지 시선을 돌려버린다.

'그렇다면 강옥은 삼촌을 어떻게 생각하고 있을까? 혹? 강옥이도…… 그럴 리가 있나.'

혜숙은 강옥에게 시선을 돌렸다. 강옥은 석상처럼 앉아 있었다. 다만 그의 시선이 어디로 향하고 있는지 그것만은 알수가 없었다. 허공에 떠 있는 것 같기도 했다.

'알 수 없지. 삼촌에게 강옥은 무엇을 느꼈는지도. 두 사람에게는 합칠 수 있는 요소가 있어. 강옥이야말로 삼촌에게는 영혼의 일부분이 될 수 있는 여자야. 그리고 삼촌도 강옥에게는 영혼의 일부분이 될 수 있는 사람이지. 다만 두 사람의 감성이 너무나 청교도적이어서…….'

혜숙은 그런 혼자 생각으로 하여 이러한 침묵의 대면을 고통으로 생각하고 있지 않았다. 강옥 역시 자기 자신 속에 방황하고 있었으므로 혜숙의 존재를 잊어버리고 있는 듯했다.

'그렇지만 저렇게 야무지고 의지적인 아이가, 아아냐, 그것은 불가능한 얘기야. 한 여자가 희생되어서는 안 된다. 고루한 사고방식인지 몰라도 부자연스럽다는 것은 모두가 다 비극이고 불행이야. 그리고 강옥이 죽도록 사랑을 느꼈다 할지

라도 그런 상처 속에서 견뎌낼 아이는 아냐.'

혜숙은 강옥과 남성우가 맺어질 수 있다는 가능성으로 기울어지는 자기의 생각을 급히 잡아당겼다.

그는 사실 남성우의 아내인 숙모를 그다지 좋아하지 않았다. 별로 결함이 없는 여성인데도 왜 그런지 인간적인 정미情味를 느낄 수 없었던 것이다. 애당초 결혼에 대하여 흥미를 표시하지 않던 남성우가 더구나 그 통례적인 중매결혼에 대하여 아무 흥미도 표시하지 않던 남성우가 그 통례적인 중매결혼을 했으니 그의 아내 남희南姬의 정미 없는 성격에 새삼스레 불만을 느낄 까닭도 없겠으나 그것을 옆에서 바라보는 혜숙의 마음은 언짢았다. 누구보다도 감정이 풍부한 남성우를 알고 있는 혜숙이었다. 누구보다도 멋진 연애를 할 수 있는 사람이 평범하게 아무 감동도 받을 수 없는 결혼 생활로 들어간 것을 안타깝게 생각하는 혜숙이었다. 그는 남성우의 과거의 여자를 모르고 있었다.

"강옥아?"

강옥은 잠자코 혜숙에게로 얼굴을 돌렸다.

"기왕 말은 나오고 말았다. 내가 삼촌의 심정을 안 것은 삼촌이 그런 얘기를 나보고 한 때문은 아냐."

"그럼?"

"어떻게 해서 내가 알게 되었는지 그것은 당분간 보류해 두겠다. 그러나 그것이 아니었다 할지라도 나는 혼자 그렇게 생각했을 거야. 아니 벌써부터 우리 삼촌이나 네가 서로 알기 전부터 내 의식 속에 그러한 상태를 상상하는 것이 흐르고 있었을지도 몰라. 왜냐하면 서로가 다 지금 정신적인 방황과 고독 속에 있단 말이야. 아니, 아니야, 현재의 정신적인 처지보다 두 사람에게는 합쳐질 수 있는 숙명이 아닌 천성, 그렇지 나로서는 천성이라고 표현할 수밖에 없구나, 그 합칠 수 있는 천성이 운명에 의하여 각기 다른 방향으로 내닫고 있었단 말이야. 그게 어디 너의 경우뿐이겠니? 하기는 나는 지금 너의 심정을 모르고 있다. 다만 내 생각, 오래전부터 의식할 수 없었던 잠재적인 생각 속에서 그런 상태를 그려본 것에 불과하지만."

혜숙으로서는 지극히 조리 있게 자기 생각을 표현하고 있었다. 강옥은 그래도 말이 없다.

"강옥아?"

"……."

"난 너의 대답을 듣는 게 무섭다. 그러나 난 알고 싶어."

"……."

"너도, 너도 우리 삼촌을 사랑하니?"

혜숙은 속삭이듯 낮은 소리로 말했다. 그리고 강옥의 감정을 놓치지 않으려는 듯 강옥의 그 맑은 눈동자를 응시하는 것이었다. 그러나 강옥은 완강한 침묵을 지키고 있었다.

"대답 없는 것은 시인하는 것으로 받을 수 있지?"

혜숙은 다시 속삭이듯 말했다. 그래도 강옥은 말이 없었다. 말이 없는 그 얼굴에는 고민의 그림자가 애처로울 정도로 떠돌고 있었다. 혜숙은 더 이상 강옥의 대답을 강요할 수 없었다. 그의 침묵과 그의 얼굴에 나타난 고통의 그림자만으로도 대답 이상의 웅변이었기 때문이다. 혜숙은 일어섰다. 그리고 밖으로 나가 식모아이에게 점심상을 들여오라고 했다. 그러한 혜숙의 음성은 들떠 있었다. 오늘 강옥을 오게 한 데는 그만한 이유가 있었다. 그러나 혜숙은 애당초의 계획이 뒤틀려지고 도리어 자기의 계획과는 반대된 방향으로 자기의 감정이 달음질친 것을 그는 깨달았다.

그러니까 오래전의 일이었다. 강옥이 학교에 나간 지 얼마 되지 않았을 때의 일이다. 그의 숙모 남희가 혜숙을 찾아왔던 것이다. 언제나 판에 박은 듯한 미소를 띄우던 남희는 우울한 낯빛으로 혜숙을 대하였다.

"웬일이세요? 아주머니가."

혜숙이 반색을 하는데 남희는 목도리를 풀어서 무릎 위에 차곡차곡 개켜 얹으며

"나 물어볼 말이 좀 있어서……."

"무슨 말씀인데요?"

숙모래야 서너 살 차이밖에 안되는 남희였다. 그러나 몸집이 작으면서도 뼈대가 굵어서 그런지 혜숙보다 열 살이나 위인 듯 느껴졌다. 그리고 눈빛이 앙상하여 인상이 좋지는 않았

다. 그러나 악스럽게 생긴 사람은 아니었다.

"저 유강옥이란 사람 혜숙의 친구라면?"

"네, 친구예요. 가장 친한 친구죠."

혜숙은 다소 불안을 느끼지 않는 바도 아니었으나 자기도 모르게 가장 친한 친구라는 말을 강조했다. 그 순간 남희의 눈언저리가 물든 것처럼 불그레하게 되었다. 그리고 무릎 위에 얹어놓은 목도리를 만지작거리는 손이 가늘게 떨리고 있었다.

"혜숙도 알고 있는 일이지만 삼촌하고 나는 별로 어울리지 않는 부부야. 뭐 서로 사랑해서 만난 사이도 아니고 혜숙의 삼촌은 그저 남이 하는 결혼이니까 한다는 식으로 그렇게 무관심하게 나하고 결혼하지 않았소?"

혜숙의 낯빛도 약간 변했다. 강옥의 말을 꺼내놓고 자기들의 결혼의 동기를 설명한다는 것은 혜숙과 같은 입장이 아니라도 이내 짐작할 수 있는 일이었기 때문이다.

"내가 그 사람에게는 맞지 않는 사람이라는 것도 잘 알고 있어. 그 사람의 애정을 바랄 수 없는 여자라는 것도 잘 알고 있어요."

남희는 그렇게 말하다가 별안간 목이 메는지 얼른 손수건을 꺼내서 눈물을 닦는다. 혜숙은 난생처음 보는 남희의 모습에 연민을 느꼈다. 언제나 자기의 감정을 가장한 듯, 웃는 얼굴도 판에 박은 그 얼굴이요, 침묵하는 얼굴도 판에 박은 그 얼굴이었는데 그러한 여자가 지금 손수건을 꺼내어 울고 있으니 그러한 모습에서 받은 충격은 컸다. 그러나 뭐라고 말을 할 수 없었다. 그럴 리야 있겠느냐고 위로하기에는 너무나 사실이 엄연하였고, 남희 자신이 여자로서는 차마 하기 어려운 자기의 상처를 펼쳐놓는 데는 혜숙으로서도 감히 입술에 묻은 말을 할 수 없었던 것이다.

"그러나 그 사람의 천성이 그렇거니 생각하고, 나에게 애정이 없더라도 다른 사람을 사랑하지 않는 이상 참고 살아보리라 생각했어. 아니 그런대로 나는 행복하게 생각했는지도 몰라. 그러나 사람의 마음이 허공에 떠 있는 만큼 나도 그 사람에게는 민감했고, 부끄러운 이야기지만 그 사람의 마음을 알려고 이미 알고 있으면서도, 나는 그이 몰래 그이의 일기를 훔쳐보곤 했어."

그 말에 혜숙은 모든 것을 알아차렸다.

"그 일기 속에서 나는 유강옥이라는 여자의 이름을 보았어요."

남희는 몹시 괴로워한 때문인지 조카딸에게 했어요, 했어, 하는 식으로 두서없는 공대를 하곤 했다. 너무도 명확한 일이었다.

말을 끝낸 남희는 몹시 울었다.

"아주머니."

남희는 울기만 했다.

"삼촌이 일기에다 강옥의 이름을 썼다고 해서 그분들이 서로 사랑하고 있다곤 할 수 없지 않아요?"

"그러니까 내가 혜숙을 찾아왔잖어? 일기에도 그이의 마음만 기록되어 있을 뿐 강옥이라는 사람과의 관계는 한마디도 없었어. 아마도 그 여자는 모르고 있는 모양이야."

"그럴 거예요. 강옥이도 모르고 있을 거예요."

혜숙은 스스로의 말에 힘을 주듯이 두 손을 꼭 맞잡았다.

"그러니 어떻게 하면 좋겠니? 어느 때고 피차간에 알게 되겠지. 그리구 어떻게 발전되이 갈지 그걸 누가 예측하겠니? 더군다나 상대는 혼자 있는 여자가 아니니? 그 여자의 마음먹기에 따라 만사는 휴지로 돌아가는 거야. 삼촌의 성질은 나보다 혜숙이 더 잘 알고 있겠지?"

혜숙은 숨을 내쉬었다.

"나 같은 사람이야 남편이 사랑하거나 말거나 그런대로 현재를 긍정하며 살아갈 수밖에 없고, 또 자식이 있지 않니? 그러나 그 여자는 아름답고 총명하고 반드시 그이 아니래도……."

남희의 말을 혜숙은 십분 이해할 수 있었다.

"그렇지만 아주머니, 강옥의 마음도 모르고……."

어떻게 물러서라는 얘기를 하겠느냐는 뜻이다.

"나도 그건 알아요. 그러니까 혜숙이 그 여자의 마음을 알아보고 우리를 위해 좀 노력해 달라는 거야."

"알았어요, 아주머니."

남희가 돌아간 후 혜숙은 잠이 오지 않았다.

식모아이가 점심상을 들여왔다. 따끈따끈한 미역국이 먹음 직했으나 강옥이나 혜숙은 다 같이 식욕이 동하지 않았다. 점심상을 물린 뒤, 혜숙은 과일을 깎으면서

"강옥이 너 같은 사람이 실은 위험하고 무섭다. 야무지게 돌아설 수도 있는 사람이지만 그와 반대로 굴러떨어지기 시작하면 끝없는 나락까지, 마치 막아놓은 뚝이 터진 것처럼 물이 쏟아지는 것처럼 되고 말 테니까."

"나도, 나도 모르겠어."

처음으로 강옥이 입을 열었다.

"앞으로 닥쳐올 불행 때문에 현재를 희생하라는 말은 비겁하다는 말과 같을지 모르겠다만, 남이란 항상 감정보다 상식의 눈으로 바라보게 되는 것이니까. 나도 상식적인 충고를 너에게 할 수밖에 없구나. 상식이란 언제나 안전한 거니까 말이야."

"알어, 네 마음. 날 서울 가라는 거지?"

"음."

"그리고 이치영 씨의 구혼을 받아들이는 게 좋을 거란 말이지?"

"음."

"나도 그렇게는 생각하고 있어. 이런 감정의 파열 상태에 있으면서 윤명환 씨 집에 있다는 것은 모독이라는 것도 알고

있고, 두 노인네에 대한 모욕이라는 것도 알고 있어."

"그래, 서울 갈래?"

"음, 겨울방학이 되면."

"그리고 이치영이란 사람하고 결혼하겠니?"

"하는 게 좋을 거란 생각은 있지만 할 거란 생각은 없어. 내 마음이 안갯속을 헤매고 있는 것만 같아."

강옥은 우는 듯 웃는 듯한 표정으로 장지문에 얼굴을 돌린다.

"할 말이 없구나, 더 이상. 다만 내가 말하고 싶은 것은 너를 아끼고 사랑한다는 것, 그리고 삼촌을 아끼고 사랑한다는 것뿐이야. 참 세상이란 마음대로 안 되는 건가 봐. 그러나 일면 부럽고 샘이 난다. 나 같은 사람이야 평생 가도 연애 감정을 맛볼 수 없는 사람이니까 말이야."

혜숙은 가라앉은 공기를 휘저어 버리듯 웃었다. 그러나 그 웃음소리는 부자연스럽게 공기를 흔들었다.

"어떤 뜻으론 행복한 사람이야, 영혼 속에 뭔가 흡족하게 간직하고 있으니 말이야. 그런 속에 고통과 인내가 없다면 신이 불공평한 거지 뭐냐?"

그러한 농담이 강옥의 마음을 풀어줄 리 없다는 것을 알면서도 혜숙은 지껄이지 않을 수 없었다. 그리고 그 말은 전혀 빈말도 아니었다.

"아주머니."

이때 식모아이가 문밖에서 불렀다.

"왜 그러니?"

혜숙이 얼굴을 내밀자

"당산동 아주머니가 오셨어요."

"뭐?"

혜숙은 놀란다.

"그래 알았다."

혜숙은 얼른 일어서면서

"강옥아, 숙모가 왔나 부다."

하고 강옥을 쳐다보았다. 강옥의 얼굴빛이 좀 질린다.

"그럼 난 가겠다."

"그럴 필요는 없어. 가만히 있어."

혜숙이 미처 나가기도 전에

"혜숙이 있니?"

신돌 아래서 벌써 소리가 났다.

"네, 아주머니세요? 웬일이죠?"

"웬일이긴? 오늘 꼬마의 생일 아냐?"

남희는 마루에 올라서며 말했다.

"어머! 아무것도 안 차렸는데요. 애아빠도 서울 가구 없어서."

"차려주지."

남희는 방으로 들어서다 말고 강옥을 보자 주춤하며

96

"손님이 계시구나."

"네, 친구예요."

혜숙은 친구라 했을 뿐 누구라 하지 않는다. 그러나 남희는 직감으로 이 아름다운 여자가 바로 유강옥이라는 것을 알아차렸다. 그리고 표정이 이내 굳어진다. 도전적인 감정을 가지기에는 너무나 깨끗하게 느껴지는 강옥의 인상이었던 것이다.

남희는 자리에 앉으면서

"알고 그냥 있을 수 없어서……."

하며 자그마한 꾸러미 하나를 혜숙에게 내밀었다.

"어머! 참 예쁘군요."

꾸러미를 끌러보며 혜숙이 말했다. 보송한 연분홍 털실로 짠 아이의 옷이었던 것이다. 그러나 혜숙의 들뜬 목소리나 침묵하고 있는 두 연인의 감정은 착잡하기만 했다.

"혜숙이."

강옥이 일어섰다.

"음, 왜 가려구?"

"음."

혜숙은 굳이 잡지는 않았다.

문 밖에까지 따라나온 혜숙은

"이런 게 현실이야. 괴로워하지 말어."

하고 위로했다.

강옥은 억지로 미소를 띠며 돌아섰다. 혜숙은 강옥의 뒷모습이 말할 수 없이 쓸쓸하다고 생각했다.

거리로 나온 강옥은 집으로 가지 않고 책방을 찾아갔다. 전에도 가끔 들러 신간 서적을 사가곤 해서 책방 주인하고는 안면이 있었다.

"아아, 어서 오십시오. 요즘엔 통 오시지 않더군요."

책방 주인이 반색을 했다.

"요즘 학교에 나가기 때문에."

강옥은 미소하며 대답한다.

"참, 그러시더군요."

좁은 지방이요. 또 송화여고의 선생님이 이 책방에 자주 출입하므로 그만한 소식에는 책방 주인이 빠른 편이었다. 강옥이 책을 고르고 있는데

"선생님?"

누군가가 불렀다. 돌아보니 뜻밖에도 고명애의 해사한 얼굴이 강옥을 향하고 있었다.

"아아."

강옥은 좀 놀란다.

"아까부터 선생님 뒤를 따라왔어요."

"왜?"

"왜 그런지 모르겠어요."

"애두 참, 너 우습구나."

"저도 우습다고 생각해요."

고명애의 표정은 무척 대담했다. 강옥은 압도당하는 느낌이 들었다. 강옥은 고명애로부터 시선을 돌려 책을 한 권 뽑으면서

"너 시험을 그렇게 실패했으니 어쩌지?"

사실 강옥은 할 말이 없었다.

"괜찮아요. 그런데 왜 선생님은 절 벌주시지 않죠?"

강옥은 다시 얼굴을 돌렸다. 그리고 고명애의 얼굴을 주시했다. 고명애는 단발머리가 흰 칼라를 묻어버릴 정도로 턱을 쳐들며 강옥의 눈을 받는다.

"그것은, 그것은 말야. 너의 담임 선생이 벌주시지 않았던 거야."

"남 선생님은 아마도 제가 선생님을 좋아하는 것이 싫었던 모양이죠."

기가 막히게 조숙한 말투다. 그러나 얼굴을 쳐들고 있는 그의 눈은 퍽이나 순박하게 보였다.

"그런 소리 하는 것 아냐. 장난도 도를 지나치면 못써요."

고명애는 빙긋 웃었다.

강옥은 책을 한 권 사 들고 밖으로 나왔다. 고명애는 강옥의 뒤를 따라 조르르 나왔다. 강아지가 사람을 따르는 것처럼 귀엽게 보인다.

'이렇게 귀여운 아이가 그때는?'

강옥은 시험 때 자기를 바라보던 고명애의 눈을 생각했다.

고집과 증오까지 품고 있는 듯한 눈이 아니었던가?

"명애야?"

"네?"

"일요일이다 해서 할 일 없이 혼자 나돌아 다니는 것은 좋지 않아."

강옥은 자기 뒤를 따라다녔다는 말에 간접적인 질책을 가했다.

"어머, 선생님은요? 선생님은 왜 혼자 다니세요?"

"나하고 명애하고 같으냐?"

명애는 발부리를 내려다보다가 얼굴을 번쩍 들면서

"어쩌면 같을 것 같아요."

"뭐?"

"선생님도 고독하시잖아요?"

강옥은 어처구니없다는 듯 걸음을 멈추고 명애를 쳐다본다.

"전 다 알아요. 선생님은 언제나 쓸쓸한 얼굴이세요."

강옥은 하는 수 없이 웃어버린다.

"너 어른들의 세계를 생각하면 못쓴다."

"그럼 왜 어른들은 우리들의 세계에 간섭하죠?"

강옥은 말문이 탁 막히고 말았다. 그러나 재미나는 아이라 생각한다.

"저는 어른이나 아이나 다 생각하는 것은 같을 것만 같아요. 다만 바보들이 공부만 잘하면 제일인 줄 알거든요. 아마 선생님도 학교 시절엔 공부 잘 못했을 거예요."

"그럼 공부 잘 못하는 아이가 착한 애냐?"

"그런 그렇지 않지만 공부만 하는 애들보다 난 다른 일을 많이 생각하거든요."

"생각도 나쁜 생각이 있고 좋은 생각이 있지."

"어떻게 좋은 생각만 하나요? 나쁜 생각이 있으니까 좋은 생각도 있을 거 아녜요?"

'정말 이 애는 무서운 아이구나!'

그러나 단발머리를 너풀거리며 열심히 따라오는 명애는 다른 아이들과 조금도 다른 점이 없었다.

"명애야?"

"네!"

"넌 그럼 외로워서 이렇게 나돌아 다니니?"

"네!"

"어머니가 안 계신다지?"

고명애의 한쪽 어깨가 핑! 하고 솟는 것 같다.

'아차! 내가 실수를 했구나.'

"전 어머니가 없어서 외로운 것 아니에요."

명애는 몸을 휙 돌렸다. 그리고

"선생님, 안녕히 가세요."

하더니 그냥 달아난다.

강옥은 멍하니 명애의 뒷모습을 바라보고 서 있었다. 가엾은 생각과 귀여운 생각이 동시에 솟았다. 강옥은 발길을 돌렸다.

'아직도 사방은 환하구나, 어디로 간다지?'

강옥은 이 한낮에 시댁으로 돌아가는 것이 죄스럽게만 여겨졌다.

'서울로 간다. 서울로 가면?'

강옥은 크게 한숨을 내쉬었다.

서울로 간다면 이치영과의 결혼문제는 필연적으로 재연되고 말 것이다. 그러나 이곳에 머물러 있다는 것은 폭풍을 대기하고 있다는 것과 마찬가지의 일이 아니겠는가.

'이치영 씨, 남 선생님, 아마도 나는 남 선생을 만나지 않았다면 이곳을 떠나지는 않았을 거야.'

강옥은 운명이 참으로 아이로니컬하다고 생각했다. 남성우와 이치영은 서로 상반된 존재다. 그런데도 불구하고 남성우의 존재가 강옥으로 하여금 서울로 가게 하고 남성우의 존재로 말미암아 이치영과의 결혼에다 가능성을 부여하고 있으니 말이다.

7

　겨울방학이 되자 강옥은 시부모에게 잠시 친정에 다녀오겠노라 하고 짐을 꾸렸다.

　시어머니는 강옥의 모친이 병환으로 있는 줄 믿고 있었기 때문에 강옥의 심경 변화를 알아차리지 못하고 선선히 다녀오라 했다. 강옥은 이번에 가면 아마 오지 못할 것이라는 말을 차마 할 수 없었다. 두 노인을 위해서 말을 못 하였다기보다 자기 자신에 대한 민망한 마음에서였다.

　북풍이 휘몰아치는 역에서 강옥은 자기도 모르게 송화여고가 있는 방향으로 시선을 던졌다. 언덕에 가려져 송화여고의 교사는 보이지 않았다. 다만 하늘가에 음산한 잿빛 구름이 보였을 뿐이다. 섭섭하다 할 수도 없었다. 슬프다고 할 수도 없었다. 다만 아득해지는 마음이었다.

　'곱게 다치지 않고 살려는 마음은 진정 내 마음인가?'

　강옥은 쓰디쓰게 웃는다. 그는 그것이 모두 거짓이라 생각했다. 위선이라 생각했다.

　'아직은, 아직은 기회가 있지.'

　강옥은 풀어진 목도리를 다시 감으며 기차에 올랐다.

　'사람의 마음은 조석으로 변한다더니…….'

　강옥은 학교에 사표를 내지 않고 떠난 것을 다행으로 생각했다. 시부모에게 마지막 결별의 인사를 하지 않고 나온 것도 잘한 일이라 생각했다. 그렇다면 강옥은 다시 돌아올 것인가?

'그럴 수는 없지.'

강옥은 눈을 감았다. 차라리 남편을 속였음 속였지—남편이 있어본 일이 없는 그였으나—시부모 앞에서 감정에 너울을 씌우고 대하기는 어려웠다.

'그렇다면, 돌아오지 않는다면, 나는 지금 어디로 떠나가는 것일까?'

마음의 갈 곳은 참으로 막연했다. 아니 막연했을 뿐만 아니라 지금까지 디디고 서 있던 지축이 무너진 듯 허황하였다.

서울 친정에 강옥이 들어섰을 때는 밤이었다.

"거짓말하는 줄 알았더니 정말 왔군요."

동생 강원이 만족스러운 미소를 띄웠고 어머니도 희망적인 눈길을 강옥에게 보냈다.

"어머니, 좀 어떠세요?"

"내야 뭐 너 걱정만 없으면 아무 병 없다."

하며 웃는다.

'전 이치영 씨와 결혼할려구 서울 온 게 아니에요.'

강옥은 목구멍까지 그 말이 치밀어 올랐으나 그 말을 삼켜버리고 말았다.

"누님, 좀 여위신 것 같아요."

"여위기는, 무슨 걱정이 있다구……."

강원이 자기 마음을 속속들이 들여다보는 것 같아서 강옥은 얼굴을 돌렸다.

"걱정이 없다구요? 괜히 고집 부리지 마세요."

"어머, 뭣 땜에 내가 고집을 부리겠니?"

했으나 강옥의 목소리에는 힘이 없었다.

"그럼 됐구면요. 하하핫…… 이 선생이 좋아하시겠어요."

강원은 혈색 좋은 얼굴에 쪽 고른 이빨을 드러내고 웃었다.

"누가 그런 뜻으로 말했니?"

강옥은 얼굴을 붉히며 날카롭게 외치듯 말했다.

"너희들은 만나기만 하면 싸움이구나."

어머니는 강원처럼 강옥의 감정을 간단히 판단하지 않았다. 동생보다 어머니가 강옥의 성격을 더 잘 아는 탓이다.

"하여간 오늘 밤엔 푹 주무세요. 내일은 할 일이 많습니다."

"아무 할 일도 없어. 내가 할 일이라면 그것은 서울에서 취직하는 일이야."

강옥은 야무지게 뇌까리며 강원을 쳐다본다. 강원의 눈에는 불뚝 하는 성미가 돌았으나 애써 삭이었다.

"누님은 옛날에도 그랬지만 아직도 자기 자신의 일밖에는 모르는군요. 내일 말입니다."

하고서 그는 빙그레 웃는다.

"내일 말입니다. 누님은 내 약혼자를 만나주셔야 합니다. 아시겠어요? 그 여성이 몹시 누님을 만나고 싶어 하더군요."

"그래."

강옥의 목소리는 누그러진다.

이튿날 아침 강원은 회사에 나가면서,

"누님, 저녁 여섯 시에 덕수궁 앞에 나오세요. 그 여성에게 연락해 놓겠습니다."

강원은 그 여성, 그 여성 하면서 어딘지 모르게 경원하는 듯한 말투를 썼다.

"집에 오라고 하려무나."

"답답하잖아요. 오래간만에 영화라도 같이 봅시다."

"그러려무나."

어머니도 옆에서 거들었다.

"약속 어기면 안 됩니다. 날 망신시키지 말구요."

"뭐 내가 안 나갔다고 망신될 게 뭐 있니? 둘이서 재미 보려무나."

"아, 아닙니다. 우린 아직 생소한 사이니까요."

"그래, 그래."

강원은 몇 번이나 다짐하면서 나갔다.

강옥은 종일, 그의 어머니와 마주 보고 앉아 있었으나 이제 시댁에는 가지 않겠노라는 말이 입 밖에 나오지 않았다. 그 말은 이치영과의 결혼을 응낙하는 결과가 될 것이요, 그 문제를 떠나서 시댁에 가지 않겠노라는 구실을 발견하기 어려웠던 까닭이다.

종일을 뭉뭉한 기분으로 지내다가 다섯 시가 지나서 강옥은 간단한 차림으로 집에서 나섰다. 강원의 색시가 될 여자라면 만나야 할 의무도 있거니와 강옥으로서도 어떤 여성인지 알고 싶었고 궁금하기도 했던 것이다.

그러나 거리에 나섰을 때 강옥은 자기 자신이 이상한 환상에 사로잡혀 있는 것을 깨달았다.

시골에 비하면 넓은 길이요, 밋밋한 가로수와 먼지가 꺼멓게 앉은 가로등, 그 밑에 무한히 뻗어난 듯한 길, 저 밑에서 키만 훌쩍 큰 남성이 성큼성큼 걸어만 와도 강옥은 가슴이 털썩 내려앉는 것을 느낀다.

'남 선생님 아닐까?'

남성우가 서울에 왔을 리도 없고 남성우를 닮은 모습도 아니련만 그는 때때로 그 착각에 놀라곤 했다.

강옥의 의식 속에 남성우의 존재는 너무나 뚜렷했던 것이다. 멀리 거리를 두게 됨으로써 한층 짙게 마음의 자리에 모습을 드리운 것 같았다. 아니 그리움이 한층 구체화된 것 같았다.

강옥은 윤명환의 경우가 이러했느냐고 자기 자신에게 반문해 보았다.

'이렇게 절박한 심정이었을까?'

기억이 희미했다. 안개같이 뿌옇기만 했다. 그 안갯속에 짙게 내민 것, 남성우의 어두운 표정이었다.

'아아, 지금 내가 어디로 가고 있는 거지?'

강옥은 택시를 잡았다. 덕수궁 앞에 도착했을 때 강원은 싱글벙글 웃으며 서 있었다.

"너 혼자니?"

"아직 안 왔군요. 오 분 전입니다."

하며 강원은 시계를 보았다. 강옥은 애써 밝은 얼굴을 하며

"강원아?"

"네?"

웬 까닭인지 강원은 좀 당황하며 강옥을 쳐다본다.

"그이 너 마음에 드니?"

"마음에 들고 안 들고가 있어요? 과히 흠이 없으면 되는 거죠. 난 누나처럼 결혼을 낭만적으로 생각하고 있지 않으니까요. 어디까지나 현실적입니다."

강원의 완강한 두 어깨와 혈색이 좋은 얼굴에는 젊음이 넘쳐 보는 마음을 상쾌하게 하였다.

"현실적이란 말은 건전하고 확실한 것이지만, 어디 세상이 그렇고 마음이 그런가?"

"그러니까 누님이 그릇된 꿈속에서 살고 있단 말입니다. 그 꿈에서 헤어날 나이도 되지 않았습니까?"

"못 하는 사람은 백 살을 먹어도…… 사람이 제품처럼 일률적일 수야 없지 않니?"

"누님! 난 말입니다. 저기 떠가는 구름보다 만질 수 있는 흙

한 줌을 더 귀하고 아름다운 것으로 알고 있습니다."

강옥은 픽 웃고 만다. 강원의 성격에 있어서 현실적인 면이 강하다는 것은 강옥도 알고 있다. 그러나 그가 말하고 강조한 것처럼 그렇게 현실에 철두철미한 사람이 아니라는 것도 강옥은 알고 있었다. 그가 현실적인 것을 강조하는 까닭은 두말할 것도 없이 강옥의 혼인을 성사시키자는 저의에서였다.

"생활하는 속에서만이 애정도 존재하고 미학도 성립되는 겁니다."

강원은 열을 올린다.

"그럼 난 생활하지 않고 죽어 있단 말이냐?"

"그게 무슨 생활이오? 산송장이지."

두 사람은 일단 말을 끊었다. 보도를 건너오는 사람에게 강옥의 눈이 갔기 때문이다. 강원은 조심스럽게 강옥의 눈을 살핀다.

"너 나한테 거짓부리했구나!"

강옥은 길을 부지런히 걸어오는 이치영의 모습에 눈을 박은 채 날카롭게 쏘아붙인다.

"누님이 너무 어렵게 생각하니까 그랬죠. 사실 약혼자도 나오기로 돼 있어요. 세 사람보다 네 사람이 좋지 않아요?"

"쌍쌍이 좋다는 말이로구나."

강옥의 목소리는 차가웠다.

"정말 누님 제가 애원합니다. 집에 가서 무어라구 공박해도

다 달게 받겠습니다. 다만 이치영 씨에게 상처만 주지 마세요. 그분은 저의 이런 계획을 모르고 있으니까요."

강원은 손을 비비듯 하며 말했다.

"이치영 씨에게 상처를 주지 말라는 얘기도 현실적인 것이냐?"

"가만!"

이치영은 그들 앞에 와서 우뚝 섰다. 여전히 소박한 옷차림이요 표정이다. 다만 얼굴이 전보다 수척해진 것 같았다.

"그간 안녕하셨어요?"

이치영은 강옥에게 빙그레 웃으며 말했다.

"네, 안녕하셨어요?"

강옥의 목소리는 차가웠다. 강원은 애가 타는 듯 강옥에게 눈짓을 했다.

"강원아?"

"네!"

"너 약혼자는 왜 여태 안 오니?"

"글쎄요. 곧 오겠죠."

"여기 우두커니 서 있기도 쑥스럽구나."

그러고 있는데

"아아, 저기 오는구먼요."

하며 강원이 손을 들어 보인다.

감색 외투를 입고 여대생같이 보이는 여자가 웃으며 다가왔다. 강원은 그 여자를 강옥과 이치영에게 소개하였다.

"이경흽니다."

이미 약혼자 사이라는 것을 알고 있었으므로 강원은 지극히 간단한 소개를 마쳤다.

"어디 저녁이나 하러 가실까요?"

그들은 조용한 중국집으로 찾아 들어갔다.

강원이 현실적인 것을 주장한 바와 같이 경희는 미인은 아니지만 퍽 건실하게 보이는 여자였다. 부끄러워하는 기색이 없었지만 그렇다고 하여 잘난 체하지도 않고 침착하게, 소위 사람을 대할 줄 아는 여자였다. 눈만은 아름다웠다. 피부 빛깔은 검었지만.

강옥은 경희를 대함으로써 자기 연령이나, 미래에 있어서 손위의 시누이가 될 것도 잊어버리고 말았다. 오히려 자기 자신 철이 덜 들었다는 생각이 들었던 것이다.

"저…… 통 말을 안하기 때문에, 저 애가…… 말예요. 어디 취직하고 계세요?"

강옥은 경희에게 주척거리며 물었다.

"지금 K병원의 인턴으로 있습니다."

"그럼 의대를 나오셨군요?"

"그럼 이 선생님하고 동업이군요?"

강옥은 처음으로 마음이 누그러져서 이치영에게 미소를 보냈다. 이치영은 빙그레 웃을 뿐이었다.

"말씀은 많이 들었습니다."

경희는 선배에 대한 경의를 표시할 겸 말했다.

"누구한테 들었습니까? 이 친구한테요?"

이치영은 강원을 가리킨다.

"네, 강원 씨가……."

"엉터립니다. 이 친구 말 믿지 마세요."

"왜 이러십니까? 퍽이나 자신이 없으신 모양이죠? 하하핫."

강원은 흩어지려는 공기를 얽어매듯 이 이야기 저 이야기
자꾸만 화제를 꺼내놓았다.

강옥은 처음에는 다소 화가 났으나 그런 일은 모두 누이를
위한 강원의 심정에서 나온 짓이라 생각하고 강원의 면목을
세워주기 위하여 애써 화제에서 외떨어지지는 않았다. 이치영
은 옛날보다 더 말수가 적었다.

"이 선생님은 환자들이 무서워하죠?"

경희가 말을 걸었다.

"왜요?"

"통 말씀 안 하시니까."

"안 하는 게 아니구 못 하는 거죠."

"왜 선생님은 결혼 안 하세요?"

경희는 이치영과 강옥의 관계를 모르고 있었다.

"난처한 질문이군요. 아마 사람이 못나서 그랬을 겁니다."

그 말에 모두들 웃고 말았으나 강옥만은 웃을 수 없었다.

그들은 식사를 끝내고 밖으로 나왔다.

"저 우린 다른 데 약속이 좀 있는데요. 이 선생님께서 누님을 좀."

강원이 우물쭈물 말을 한다.

"뭐, 집으로 가죠."

"그러니까, 방향이 같으니까요. 우린 처지겠습니다."

강원은 강옥을 힐끗 쳐다보았다. 강옥은 뜻밖에도

"그래, 난 먼저 갈게!"

하며 선선히 대답한다. 강원은 이마를 쓸어 보이며 땀을 닦는 시늉을 했다.

그들과 헤어진 이치영은

"바로 가시겠어요? 차라도 한잔하시죠."

"그러세요."

강옥은 굳이 회피하지 않았다.

조용한 다방으로 들어간 강옥은 무슨 결심을 했는지

"이 선생님, 솔직하게 말씀드리겠어요."

하고 말문을 열었다. 이치영은 강옥의 태도에서 그의 마음의 소재를 희미하게나마 느꼈는지 우울한 눈을 들었다.

"강원이한테서 이 선생님 말씀은 들었습니다."

"……."

"이번에 저는 시골 내려가지 않기로 결심하고 올라왔어요."

이치영의 눈에 희미한 반응의 빛이 일었다.

"어머니한테 그리고 강원이한테도 아직 그 말을 하지 않았습니다. 하지만 전 이 선생님, 아니 결혼문제 때문에 그런 행동을 취한 것은 아니었어요."

강옥은 거기까지 말했으나 다음 말을 하기에는 너무나 큰 마음의 저항을 느꼈다.

"저도 그렇게 짐작은 했습니다. 아주 올라오시게 된 일을 지금 처음 알았습니다만, 강옥 씨는 결혼문제에 대해서 아무 생각을 하고 계시지 않다는 것을 알고 있었습니다."

이치영은 한마디 한마디를 잘라서 하듯 힘을 주어가며 말하였다. 그러나 그의 얼굴은 고통스럽게 일그러져 있었다.

"사람의 일이란 마음대로 되지 않지만 역시 마음도 자기 임의로 할 수 없는가 봐요."

강옥은 눈길을 돌렸다.

"제가 싫으시다는 그 말씀인가요? 앞으로는 아주 단념하는 게 좋을 거란 그 말씀인가요?"

이치영의 얼굴빛이 약간 질린다.

"아, 아니에요. 그런 오해를……."

강옥은 몹시 당황했다. 그분의 마음에 상처를 주지 말라던 강원의 말이 번개처럼 머릿속을 지나갔다.

"저의 감정이 벅차서 말의 순서를 잃었나 봐요. 아아 지금은, 지금은 역시 말할 수 없군요. 언젠가는 선생님하고 결혼하게 되겠죠. 용서하세요. 선생님!"

별안간 강옥은 흥분하여 자리에서 벌떡 일어섰다. 이치영은 잠자코 찻값을 치른 뒤 강옥의 뒤를 따라 나왔다. 강옥은 얼굴을 감싸고 달아나고 싶으리만큼 심한 자기혐오를 느꼈다.

"좀 걸어볼까요?"

강옥은 말없이 걸음을 옮겼다. 이런 기분으로 차를 탄다면 더 답답할 것만 같았기 때문이다.

"오늘 밤은 정말 실례가 많았어요."

"아닙니다. 도리어 제가…… 우정으로 대하지 못하고 강옥 씨를 괴롭힌 것을 뉘우치고 있습니다. 아마도 제가 우정으로 대하였다면 강옥 씨는 지금 말하지 못하겠다는 그 말씀을 할 수 있었을 것입니다."

이치영은 감정을 죽이며 말하였다. 그 말에는 강옥의 마음에도 울컥 치미는 것이 있었다.

'무엇 때문에 나는 이치영 씨에게 그런 말을 하려 했을까?'

강옥은 혼자 마음속으로 뇌며 남성우는 아득히 먼 곳에 가까이 갈 수 없는 그런 사람이라 생각한다.

'강원의 말은 맞다. 나는 구름만 쳐다보았지 한 줌의 흙의 소중함을 모르고 있었구나.'

그러나 마음은 집요하게 한자리에만 도사리고 있는 것만 같았다.

"이 선생님?"

"네?"

"강원이는 저를 보고 꿈속에서 살고 있다 하더군요."

이치영은 어둠 속에서 픽 웃는다.

"이 선생님도 그렇게 생각하고 계세요?"

"더러는……."

"실현성 없는 모정을 품으면서, 그러면서도 자승자박하는 이런 심정은 꿈속에 살기 때문일까요?"

강옥은 대담하게 뇌까렸다.

"역시……."

"역시……."

강옥은 이치영의 말을 되풀이하며 발부리에 시선을 떨어뜨렸다.

"역시 강옥 씨는 누군가를 사랑하고 계셨군요!"

"저도 모르게……."

"그래서 서울로 올라오셨습니까?"

"네."

"실현성 없는 상대였던가요?"

이치영의 목소리는 약간 떨려나왔다.

"서로 얘기, 그 일에 대하여 해본 일도 없구, 제 마음이 황량하여 서울로 왔습니다."

두 사람은 서로가 다 함께 피곤을 느꼈다. 그들은 택시를 잡아탔다. 그리고 집 앞에 이르기까지 두 사람 사이에는 한마디의 말도 없었다. 집 앞에 내렸을 때

"언제나 저는 낙오자군요."

이치영은 쓸쓸하게 웃었다. 이치영이 강옥을 처음 만났을 때도 강옥은 윤명환의 약혼자였었다. 이번에 다신 오랜 세월을 격한 뒤 만났으나 강옥의 마음에는 벌써 다른 남성이 들어앉아 있었던 것이다.

"여러 가지 뜻에서 이 선생님보다 저 자신이 낙오자일 거예요."

강옥은 말하면서 들렀다 가라고 권하였으나 이치영은 굳이 사양하고 돌아섰다. 쓸쓸하기 그지없는 뒷모습이었다.

강옥은 어머니가 있는 안방에 잠시 들렀다가 자기가 거처하게 된 방으로 돌아왔다. 그는 이불 위에 쓰러져 흐느껴 울었다. 무엇 때문에 우는지 울면서도 그는 그의 슬픔을 알지 못했다. 지금까지 굳이 지켜온 자기대로의 좌표가 송두리째 허공에 날아버리고 한 조각 자기의 이룰 길 없는 욕망만이 댕그랗게 도사리고 있는 것만 같았다. 그 욕망만이 남은 자기의 잔해는 가증스럽고 잔인한 것만 같았다.

열 시가 거의 다 지났을 무렵이다. 강옥의 어머니는 적적하였는지 강옥의 방 앞에 서서

"강옥이 자니?"

강옥은 숨을 죽이고 대답하지 않았다. 이때 대문을 두드리는 소리가 요란스레 울려왔다.

8

"강원이가 왔나?"

강옥을 부르다가 강옥의 어머니는 마루 끝으로 나가면서 대문간을 기웃이 내다본다.

"강원이냐?"

강옥의 어머니는 다소 불안함을 느꼈는지 언성을 높이며 물었다. 그러나 아무 대꾸도 없고 대문을 여러 밖을 내다보며 뭐라고 쑤군거리고 있던 식모 계집아이가 몹시 다급한 걸음걸이로 안마당에 쫓아 들어왔다. 그 표정은 심상치 않았다.

"누가 왔니?"

"할머니, 저 저."

계집아이의 얼굴은 차츰 파아랗게 질려갔다.

"왜 그러니?"

강옥의 어머니 목소리가 떨려나왔다. 이상한 바깥 공기를 눈치 챈 강옥도 방에서 나왔다.

"아, 아저씨가."

"아저씨가 어쨌다는 거냐?"

이번에는 강옥이 다급하게 물었다. 묻는데 그의 머릿속에는 짙은 구름이 확 몰려들었다. 그러나 마침 한 청년이 마당 안으로 들어섰다.

"여보시오, 무슨 일이 생겼소?"

강옥의 어머니는 마룻바닥에 쓰러지듯 주저앉으며 긴장되어 있는 청년의 얼굴을 응시한다.

"놀라지 마십시오."

"놀라지 말라구요?"

 강옥의 어머니는 넋이 나간 사람처럼 중얼거렸고 강옥의 얼굴은 굳어지고 말았다.

"교통사고로."

"네?"

 강옥의 어머니는 강옥의 치맛자락을 와락 잡았다.

"지금 H병원에 입원했습니다."

"주, 죽지는 않았어요?"

 강옥의 입에서 간신히 그 말이 밀려나왔다.

"몹시 다친 모양이지만 생명에는."

"그, 그럼 우, 우리가 가야지!"

 강옥의 치맛자락을 꼭 움켜쥐고 있던 강옥의 어머니는 용수철처럼 벌떡 일어섰다.

 그들이 청년을 따라 H병원으로 갔을 때 강원은 혼수상태에 빠져 있다 하며 면회를 거절당하였다. 그리고 담당 의사는 다만 생명에는 지장이 없겠다는 간단한 말을 했을 뿐이다.

"그, 그럼 우리 강원이가 병신이 되겠습니까?"

 강옥의 어머니는 매달리듯 하며 물었다.

"글쎄요…… 우리로서는 최선을 다하겠습니다만."

의사의 표정은 냉담하고 사무적이었다.

"어딜 다쳤습니까."

강옥은 흐느껴 우는 어머니의 손을 꽉 잡으면서 물었다.

"머리를."

의사는 강옥을 힐끗 쳐다보았다.

"머리를?"

"뇌진탕입니다. 그리고 다리가 좀……."

강옥과 그의 어머니는 서로 손을 잡고 울 뿐, 다른 도리도 없거니와 무엇을 어떻게 해야 할지 알지도 못하였다.

이튿날 기별을 받고 강원의 약혼자와 이치영이 달려왔다.

병원 측에서는 수술을 서둘렀다. 강옥의 어머니는 거의 실신 상태로 대합실의 의자에 쓰러져 있고, 초조한 강옥은 구원을 바라듯 이치영을 쳐다보는 것이었다.

강원의 뇌수술이 끝난 것은 오전 열 시였다. 수술 결과는 좋았다는 것이었다. 담당 의사는 낙관을 표시했다. 강옥은 한시름 놓은 듯 무거운 숨을 내쉬었다. 기진맥진한 강옥의 어머니는 집으로 돌아가고 강원의 약혼자 이경희도 그의 직장으로 돌아가고 결국 입원실에 남은 사람은 강옥과 이치영이었다.

"어제 그만 같이 들어올 걸 잘못했군요."

이치영도 긴장을 다소 풀고 말을 했다.

"운수죠. 그렇게 되라는……."

"어머님이 보기 딱하더군요."

"그렇지만 이만 되기 다행이에요. 전 뇌진탕이라 하기에 절망했어요."

"정말 다행입니다."

이치영은 밤을 꼬박 새워 눈이 부숭부숭한 강옥을 언짢은 듯 쳐다보고 있다가,

"좀 집에 가서 쉬었다 오시죠. 제가 곁에 있을 테니까."

"아, 아니 괜찮아요."

피곤해진 강옥에게 이치영의 말은 고맙게 들렸다.

따지고 보면 강원의 부상은 강옥으로 말미암은 것이다. 고독한 누이를 위하여 꾸몄던 일의 결과가 그렇게 된 것이다.

"강옥 씨?"

이치영은 아주 가라앉은 목소리로 불렀다. 강옥은 이치영을 쳐다보았다.

"나는 때때로 죽음을 생각합니다."

강옥은 눈살을 찌푸렸다.

"왜 그럴까요?"

"강원 군의 생명은 확실히 보장되었습니다만, 그러니까 그일하고는 관계없는 얘기죠."

"왜 그런 말씀을 하시죠?"

"죽음을 생각합니다만 그것은 내 자신의 목숨과는 관계없는 일이더군요."

강옥은 의아한 표정으로 이치영을 바라본다.

"내가 없으면 이미 나는 고독하지 않습니다. 내 곁의 사람이 떠날 때, 하긴 나는 언제나 혼자였습니다. 다만…… 내 환자가 죽었을 때도 육체에서 떠나가 버린 것을 그것이 무엇이었는지 꼭 잡아보고만 싶었습니다. 생각하면 어처구니없는 일이 아니겠습니까? 어린애처럼 말입니다."

이치영은 그렇게 말해놓고 갑자기 얼굴을 붉혔다.

"쓸데없는 말을 했습니다. 이상하게 표현되고 말았군요."

이치영은 더욱더 얼굴을 붉혔다. 강옥은 아무 말도 하지 않았다. 그러나 이치영의 고독과 강옥의 고독은 한순간 부딪치는 듯했다.

며칠이 지났다. 강원의 수술 결과는 좋았고, 경과도 아주 좋아서 모두들 안심을 했다.

"누님?"

문병객들이 다 돌아간 뒤 강원은 강옥을 불렀다.

"왜 그러니? 아파?"

"아뇨."

"그럼 물 주랴?"

"아니요, 누님?"

"말을 하라니까."

"누님 땜에 나 희생이 크지 않아요."

강원은 빙그레 웃었다. 강옥도 빙긋이 웃으며,

"공연히 쓸데없는 짓을 해가지고 그랬지 뭐냐?"

"또 그 소리, 순탄하게 일이 진행되었으면 이런 일 없었을 거 아닙니까?"

"애도 참, 어거지를 쓸 참이구나."

강원이 아파서 누워 있기 때문에 그의 마음을 상하게 하지 않으리라는 마음 쓰임도 있었지만 한편 강원이 누이를 생각하는 마음도 고마웠고, 성실하고 아직 소년 같은 낭만이 남아 있는 이치영을 거역하는 마음도 다소는 엷어져 있었다.

"누님?"

"이제 그만, 환자는 가만히 누워 있는 거야."

"가만히 누워 있는 것보다 이야기하는 게 기분이 좋은걸요."

"너 지금 기분이 좋니?"

"아주 벅찬 일들을 치르고 난 뒤처럼 상쾌해요."

"그럴는지도 몰라."

"누님, 죽으면 사람은 그만이죠?"

"철없는 말을 하는구나. 뻔한 일이 아니니?"

"상식적인 얘기가 아닙니다."

"아이 참, 이상하다. 이 선생님도 뭐 죽음에 대하여 이상한 말씀을 하시더군."

"그분이야 누님처럼 감상이나 낭만에서 한 말이겠죠. 전 그렇지 않아요. 죽으면 그만인데 좀 철저하게 살아야겠다는 말입니다."

"철저하게?"

창밖에 구름이 둥둥 떠내려간다. 강원의 약혼자 이경희가 갖다놓은 광주리 안의 노란빛 사과와 붉은빛 사과가 선명한 색채를 자랑하고 있는 듯, 병실이지만 회복기에 든 환자이기에 방 안의 분위기는 아늑하고 평화스럽다.

"이 빛이 얼마나 귀중합니까? 누님, 이 빛을 보세요."

강원은 손을 뻗쳐 유리창 사이로 스며든 햇빛을 잡을 듯한 시늉을 한다.

"난 미처, 이런 것이 귀중하다는 것을 몰랐거든요. 너무나 건강했던 탓이겠지요. 철저하게 산다는 것도 한갓 관념이었던 것 같아요. 전에는 말입니다. 그러나 이렇게 운수 좋게 살아나보니 그것은 관념이 아닌 절실한 소망같이 느껴져요."

강옥은 가볍게 한숨을 내쉬며 창가로 다가갔다. 병원의 정원은 맑게 갠 하늘보다 훨씬 황량하였다. 앙상한 나뭇가지가 바람이 없는데도 흔들리고 있는 것만 같았다.

황량한 겨울 날씨였기 때문에 햇볕은 그렇게도 따사했는지도 모른다.

강옥은 남성우를 생각했다. 그야말로 명부冥府의 강을 건너온 것처럼 아득히 먼 곳의 사람만 같이 느껴진다. 이치영이, 그리고 강원이 죽음의 말을 했고 또 강원이 사지를 방황했기 때문에 그렇게 느껴지는지도 모를 일이다.

'산 사람도 그런데, 하물며 죽음이야……'

강옥은 마음속으로 중얼거렸다. 죽은 명환을 생각하는 것도 허무한 노릇이지만 이루지 못할 사랑의 사람을 멀리 두고 떠나온 것도 허무하고 뜻 없는 일이 아닐 수 없었다.

'잊어지겠지, 잊어지겠지.'

강옥은 목이 꽉 메어옴을 느꼈다.

"누님?"

"아, 아아."

강옥은 환상에서 놓여났다. 당황하며 그는 강옥을 쳐다본다.

"무슨 생각을 하고 계셨어요? 내 하는 말 하나도 안 들었죠?"

"무슨 말?"

"거 보세요."

"이제 그만하고 한잠 자려무나."

강옥은 이불을 끌어 올려주었다.

강원이 잠든 사이에 강옥은 다시 창가에 섰다. 겨울날이라 병원의 정원으로 드나드는 사람은 별로 눈에 뜨이지 않았으나 그 정원 너머는 한길가였다. 전차가 가고 버스가 간다. 많은 사람들을 싣고 간단없이 유동한다.

'이렇게 사람이 많은데? 어디로 실려가고 어디서 흩어질까?'

강옥은 막연히 뇌었다. 그러나 그 막연한 혼잣말 속에는 사람과 사람의 신비한 관계에 대한 깊은 의문이 있었던 것이다. 제각기 짝을 찾지 못하는 사람이 얼마나 되며 짝을 발견하고서도 맺어지지 못하는 사람이 얼마나 되랴.

햇빛이 진다. 병실은 어두워왔다.

강옥은 눈 내리던 밤을 생각했다. 사랑을 하는 데 오랜 시간이 필요 없다는 생각이 들었다. 남성우와 둘이서 걸어본 것은 단 두 번밖에 없다. 그의 마음도 모르고 환경도 알려 하지도 않았다. 그런데도 사랑을 했던 것이다. 칠 년 동안 묻어둔 불씨가 그렇게 쉽사리 불붙어 오를 줄은 그 자신도 몰랐던 일이요, 당황한 일이 아닐 수 없었다.

"뭘 하세요?"

강옥은 놀라며 돌아보았다. 이치영이 서 있었다.

"언제 오셨어요?"

"좀 전에 왔습니다. 제가 들어온 것을 모르고 계시기에, 깊은 생각에 잠겨서…… 방해가 될까 봐 잠자코 있었습니다."

강옥은 약간 얼굴을 붉혔다.

"아주 좋은가 봐요. 아까는 이야기 많이 했어요."

"젊은 사람이라……."

"어머! 이 선생님은 얼마나 늙으셨기에요?"

강옥은 일부러 명랑하게 말했다. 강옥이 명랑하니까 이치영도 기쁜 모양으로 빙그레 웃으며,

"잠든 사람 지키고 앉아 있을 수도 없고, 어디 나가서 차나 한잔할까요? 바깥 날씨가 춥습니다."

"해가 지니까 더 그렇겠죠."

강옥은 외투를 걸쳤다. 그리고 잠든 강원을 한번 살피고 병

실을 나섰다.

거리로 나온 그들은 병원 부근에 있는 다방으로 들어갔다. 다방 안은 음산하였고 손님은 별로 없었다. 게다가 전축에서는 슈베르트의 연가곡連歌曲「겨울 나그네」가 흘러나오고 있으니 마음은 한층 더 가라앉을 수밖에 없었다.

"강옥 씨가 서울에 와 계셨으니 망정이지 어머님 혼자서 애태울 뻔했죠?"

이치영은 따끈한 커피를 마시며 말했다.

"제가 올라오지 않았으면 그런 사고가 났겠어요?"

"참 그렇군요. 그리고 보니 저도 연대적 책임이 있습니다."

이치영은 웃었다. 그러나 그는 강원이 그들을 맺어주기 위하여 꾸민 것이라고는 여태 모르고 있었다.

"몹시 피곤해 보이는데 좀 쉬셔야 겁니다."

별로 할 말이 없었으니까 그런 말로라도 화제를 이을 수밖에 없었다. 실상 할 말이야 태산 같지만 강옥이 거리를 고집하는 이상 그들의 화제는 빈곤해지는 것이다.

"그러지 않아도 오늘 밤은 집에 가서 쉬기로 했어요. 어머니가 저 대신 나와 계시겠다 하시더군요."

그들 사이에 말이 끊어졌다. 더 이상 계속할 말이 없었다. 이치영은 음악 소리에 귀를 기울이고 있다가,

"강옥 씨는 아주 안 내려갈 작정인가요?"

"네."

"그럼?"

"취직······."

이치영은 몸을 일으켜 앞으로 내밀듯 하며 중얼거렸다.

"이 선생님은 병원을 비워놓으시고······ 괜찮아요?"

강옥은 화제를 돌렸다.

"뭐 상관 없습니다. 조수가 있고······ 악착같이 벌어서 무엇에다 쓸니까?"

그는 순간 강한 눈으로 강옥을 바라본다. 그들은 우두커니 마주 보고 앉았다가 얼마 후에 헤어졌다.

강옥이 병원으로 돌아갔을 때 그의 어머니가 와 있었다.

"벌써 오셨어요, 어머니?"

"음, 너 어서 집에 가서 쉬어라. 얼굴이 말이 아니구나."

"어머니도요. 마르셨어요."

강옥은 깊은 애정 서린 눈으로 그의 어머니를 바라본다.

"나야 뭐 다 늙었는데 무슨 상관이냐?"

"그래도 어머니가 오래오래 사셔야 해요."

하는데 까닭 없이 눈물이 왈칵 쏟아진다.

"사람의 명을 어떻게 아니? 그러니까 너도 어서······."

하다 만다.

강옥은 그 이상의 말이 나올 것을 두려워하며 병실에서 나왔다.

집으로 돌아오니 며칠 동안의 무리가 한꺼번에 몰려왔다.

그는 자리에 쓰러져 그냥 잠들고 말았다.

얼마 동안을 잤는지 깨어났을 때는 사방이 어두웠다. 꿈을 많이 꾼 것 같았으나 하나도 기억할 수 없었고 다만 남성우의 얼굴을 꿈속에서 본 듯했다.

시계를 보니 아홉 시가 지나 있었다.

'아직 초저녁이구나.'

강옥은 방문을 열고 마루로 나갔다. 부엌에서 달그락거리고 있던 계집아이가 쪼르르 쫓아 나왔다.

"저녁도 안 잡수시고…… 지금 차릴까요?"

"아니 그만두겠다."

"참, 아주머니."

"왜?"

계집아이는 눈을 한번 굴리더니

"저 말예요, 낮에 손님 오셨댔어요."

"손님?"

"네, 아주머니를 찾던걸요."

"어떤 사람이?"

"남자분이던데요."

"남자분?"

"네, 키가 크고요."

"어디서 왔다던?"

하는 강옥의 가슴이 떨렸다.

"아주머니 계시는 곳에서 오셨대요."

"뭐?"

"안 계신다 했더니, 그럼 내려가기 전에 한 번 더 오시겠대요."

"어머니 계실 때 오셨니?"

"막 나가시고 난 다음에 오셨어요."

"음, 알았다."

강옥은 해쓱해진 얼굴을 급히 돌렸다.

'남 선생이 오셨구나!'

강옥은 간신히 방으로 들어왔다.

'왜 왔을까. 서울 온 김에 날 찾아왔을까? 아니야 남 선생님 아닐지도 몰라. 그럼 누구?'

밤새도록 강옥은 잠이 오지 않았다.

아침에 눈을 떴을 때, 어쩌면 남성우는 그냥 돌아갔을지도 모른다는 생각이 들었다. 그런 생각을 했을 때 강옥은 자기 주변을 암흑이 휩싸는 것을 느꼈다. 남성우가 찾아오리라고 는 꿈에도 생각 못 한 일이었다. 기대도 희망도 없었다. 그러 나 계집아이로부터 그 말을 들었을 때 강옥은 모든 생명이 소 생하는 듯한 것을 느꼈던 것이다. 자기 자신의 존재가치를 느 꼈던 것이다. 그러나 괴롭고 행복한 한밤을 뜬눈으로 보내고 아침을 맞이하니 그는 다시 그 희망에 대하여 위구심을 갖게 되는 것이다. 집념에서 오는 괴로운 자기 학대와도 같은 기분 이었던 것이다. 이때의 집념이야말로 과거도 미래도 다 파괴

할 수 있는 무서운 힘이 된다.

강옥은 남성우를 피하여 서울로 왔건만 지금은 남성우가 오지 않고 그냥 시골로 내려가고 말았을지도 모른다는 위구심에 가슴을 죄고 있는 것이다.

강옥 자신이 생각해도 그것은 너무나 엄청난 마음의 변화였다. 그리고 축적된 기름 속에 불을 지른 듯 강렬한 것이기도 했다. 사소한 동기다, 따지고 보면.

그곳에 있을 때 강옥은 학교에서 남성우를 매일 만나지 않았던가. 그런데 지금은 남성우가 한 번 찾아왔다는, 그것도 정확한 이야기는 될 수 없는데, 그 사소한 일로 하여 강옥은 가슴을 태우고 있는 것이다.

"아주머니! 손님 오셨어요!"

계집아이가 디딤돌 위에 서서 숨찬 소리로 지껄였다.

"음? 응."

강옥은 허둥지둥 밖으로 나갔다. 남성우였다.

"안녕하세요?"

남성우는 초라한 얼굴에 미소를 띠었다.

"어떻게?"

강옥은 목구멍에 말이 걸린 듯 잘 나오지 않았다.

"서울 오는 길이 있어서 한 번 만나 뵙고 갈려구요."

"집을 어떻게 아셨어요?"

강옥은 흥분을 가라앉히고 물었다.

"혜숙이가 주소를 알더군요."

"혜숙이는……."

"혜숙이한테 말하고 왔습니다."

두 사람은 잠시 침묵한 채 서로 바라본다. 두 사람의 얼굴은 다 여위어 있었다. 그리고 피곤해 보였다.

"추운데 들어오세요."

강옥은 갑자기 생각난 듯 말했다.

"아, 아닙니다. 다방에서 기다리겠습니다. 나오실 수 있으면."

남성우는 집에 들어오려 하지 않고 사양했다.

"그럼 곧 나가겠어요. 여기서 좀 나가면 사양이라는 다방이 있습니다."

남성우는 강옥의 여윈 얼굴을 다시 한 번 눈여겨보고 돌아섰다. 방으로 들어온 강옥은 전신의 피가 얼굴로 몰려드는 것을 느꼈다. 그는 옷을 입다가도 숨이 찬 듯 우두커니 섰고 거울 앞에서도 자기의 얼굴이 보이지 않는 듯 우두커니 앉아 있곤 했다.

강옥이 다방으로 나갔을 때 남성우는 조간신문을 읽고 있었다.

"어떻게 서울로 오셨어요?"

감정보다 말은 훨씬 생소했다.

"굳이 와야 할 일은 없었습니다만 하도 오래 못 와봐서요."

남성우는 희미한 대답을 했다.

"혜숙이는 잘 있어요?"

"별일 없는 모양이더군요."

두 사람은 다 말의 실마리를 잃은 듯 멍하니 쳐다본다.

"혜숙이한테 편지하셨다구요?"

"네."

"이제 안 내려오실 작정이라죠?"

"네."

"왜?"

처음으로 남성우의 눈에는 감정이 돌아왔다. 강옥은 잠자코 있었다.

"저 때문에, 저의 주제넘은 감정 때문에 그러세요?"

남성우는 고개를 숙였다.

역시 강옥은 말을 못 한다.

9

한참 서로 멍하니 바라보고 있었다. 이윽고

"이렇게 찾아뵐 이유가 없는데……."

남성우는 이치에 닿지 않는 말을 중얼거리고 나서 쓰디쓴 웃음을 흘렸다. 그의 태도는 어느 때보다 흩어져 있었다. 그리고 그것을 자기의 의지로써 걷잡지 못하는 모양이다.

"아, 아니에요."

강옥 역시 무엇이 아니라는 것인지……

"도리어, 도리어 저의 감정 때문에, 저의 주제넘은 감정 때문에 서울로 온 거예요."

말을 더듬는다. 그 말은 직접적인 것보다 더 명확한 애정의 고백이다. 나도 당신처럼 괴로워하고 당신을 사랑하고 있었노라는. 강옥의 얼굴에는 차라리 어떤 안도의 빛이 있었다. 혼자 앓아온 병자가 의사 앞에서 자기 자신을 내맡긴 것처럼.

"어째서 강옥 씨에게 주제넘는 감정입니까? 고마운 일입니다."

상식적인 얘기를 한 남성우의 얼굴에는 무슨 까닭인지 기쁜 빛보다 절망하는 빛이 돈다. 그는 강옥이 그를 완강히 거절할 것을 기대하고 찾아왔던가. 그런지도 몰랐다.

그러나, 남성우는 세속적인, 그들 사이에 가로놓인 여러 가지 조건 때문에 그들의 사랑을 두려워하고 있었던 것은 아니다. 그것은 남성우에게 있어서 중대한 이유는 되지 못했다. 질서니 도덕이니 하는 따위의 일에 구애되기에는 너무나 그는 반역적인 인간이다. 역설적인 인간이다. 그리고 아내에 대하여 한가닥의 연민을 느껴보기에는 그들의 사이가 광물성이다. 미움마저 없는 타인이었으니까. 그렇다면 그는 무엇 때문에 절망하는 것일까?

남성우는 자기 자신의 감성 상태가 어느 절벽에 서 있다는 느낌을 가지고 있다. 강옥과의 애정이 결합되고 행동한다는 그것은 전진을 말하는 것으로, 그 전진은 동시에 절벽에서 떨어지는 결과가 되는 것이다. 강옥의 차가운 거절은 후퇴를 의미하는 것으로서 절벽에서 물러나는 것을 뜻한다. 그것은 실제 일어나는 현상을 말하는 것은 아니다. 마음속에 일어나는 멸망과 뜻 없는 생존의 갈림길인 것이다. 그는 사랑은 죽음으로 몰입하는 것으로 생각한다. 그는 늘 그런 이상한 생각에 사로잡혀 있는 것이다. 사랑은 죽음의 세계 같은 것이라고. 연소된 뒤의 차가운 재를 그는 의식 밖으로 몰아낼 수 없었다. 그러기 때문에 갈망하면서도 또한 어처구니없이 달아나 버리려는 자세가 그의 안에는 있었다.

강옥은 남성우가 절망한 표정으로 묵묵히 생각에 잠기는 얼굴을 보자 형용할 수 없는 공포를 느꼈다. 그것은 강옥의 예민한 직감으로 받아진 공포였다. 그는 남성우로부터 허무를 읽은 것이다. 그러나 이상하게도 그러한 공포감은 강옥을 한결 가까이 남성우 곁으로 다가세우는 힘이 되었다. 와락와락 자꾸만 끌려가는 것이다.

오랜 침묵을 지키고 있던 남성우는

"왜 올라왔는지 모르겠군요."

낮은 목소리로 뇌었다. 강옥의 얼굴이 빳빳하게 굳어진다. 그는 깊이 모를 나락으로 자기 자신이 굴러떨어지고 있다고 생각했다.

"강옥 씨."

남성우는 안개 같은 것을 헤치고 나온 듯한 목소리로 강옥을 불렀다.

"오늘 시간 좀 내주실 수 있겠습니까?"

"……."

"이런 곳…… 숨이 막히는 것 같군요."

강옥은 녹음한 것처럼 남성우의 말을 그대로 되풀이했다. 사실 그는 숨이 막히는 것 같았다.

남성우는 강옥을 지그시 쳐다보고 있다가 눈길을 돌리며

"시간을 내주십시오."

도무지 두 사람의 말은 초점이 맞지가 않는다. 그러나 강옥은 이대로 헤어진다면 영영 그만일 것이라는 생각을 하고 있었다. 영영 그만일 것을 지금껏 바라고 있었고 또 그렇게 하기 위하여 서울에 돌아왔건만 지금 강옥의 마음은 그렇지 않았다. 이런 엄청난 마음의 변화를 강옥은 헤아릴 겨를도 없었다. 그는 무엇인지 자꾸 앞으로, 앞으로 자기가 이끌려 가고 있다고 느꼈을 뿐이다.

"동생이 입원해 있어요."

"아아, 그러세요?"

남성우의 말은 무감동했다.

"병원에 전화해 보구 시간을 내겠습니다."

강옥은 일어섰다. 그는 휘청거렸다. 얼굴은 창백하고 손은 가늘게 떨고 있었다.

카운터에 가서 다이얼을 돌릴 때에도 강옥의 손은 떨리고 있었다. 그는 병원으로 전화를 건 것은 아니었다. 아니 병원은 병원이지만 그 병원은 이치영의 병원이었던 것이다.

"이 선생님이세요?"

"네, 웬일이십니까?"

이치영은 강옥의 목소리를 이내 알아듣고 좀 의외였던 모양이다.

"선생님, 오늘 병원에 가시겠어요?"

"글쎄요. 아직 생각 못 했습니다만."

"아, 그러세요?"

"왜 그러시죠?"

"혹시 가시면……."

"말씀하십시오."

"전할 말씀이 있어서."

"전할 말씀이 계시면 가보겠습니다. 뭐 병원에 별 환자도 없구."

"전화로 연락해 주셔도 좋습니다."

"하여간 말씀하세요."

"저…… 급한 일이 좀 있어서, 어머니는 절 기다리시지 마시라구요."

그 말이 이상했던지 이치영은 잠시 말을 끊었다가

"네, 그렇게 전하죠."

"죄송합니다."

수화기를 놓았을 때 강옥은 눈앞이 흐려지는 것을 느꼈다.

사랑은 이와 같이 이기적인 것이다. 그들이 정처 없는 나그네처럼 겨울 길을 한참 헤매다가 찾아간 곳은 교외의 B산장이었다. B산장 식당, 손님이라곤 단 한 사람도 없었다. 그들은 창가에 마주 앉아 건너편 산의 설경을 말없이 바라보고 있었다.

강옥은 자기를 따르는 여러 가지 일들 중 그 하나도 생각지 않고 있었다. 돌아보지 않고 다만 지금 떠내려가는 대로 내버려두고 있는 마음이었던 것이다. 웨이터가 주문을 받으러 왔다.

"조용한 방은 없소?"

남성우는 식사를 주문하는 대신 물었다.

"있습죠. 그리로 모실까요?"

남성우는 강옥의 동의도 얻지 않고 일어섰다. 강옥은 아무 말 없이 그들을 따랐다. 전망이 좋은 방으로 들어갔다. 창 옆에 작은 탁자와 소파가 놓여 있었다. 맞은편 산의 잔설 탓인지 강옥의 얼굴은 한층 창백했다.

"이런 곳으로 모시고 와서……."

남성우는 잠시 눈을 내리깔았다. 그리고 담배를 꺼내어 붙여 물었다.

　B산장은 호텔이다. 그들이 든 방에는 침대까지 있었다.

　남성우는 강옥을 유혹할 목적으로 호텔의 방까지 데리고 온 것은 물론 아니다. 시내를 헤매다 보니 갈 곳이 없었고 B산장 식당까지 와보니 역시 삭막하여 말할 분위기는 못 되었던 것이다. 겨울이니 밖에서 이야기할 수도 없는 노릇이다.

　그러나 그들은 다 같이 흥분에 떨고 있었다. 그들은 다 같이 그들 자신의 이성을 믿지 못했다. 두 사람의 표정은 차츰 굳어지면서 마치 대결이라도 하듯 서로 노려보고 서 있었다.

　"강옥 씨!"

　남성우의 상체가 앞으로 기울어지면서 그는 강옥을 와락 껴안았다. 강옥의 몸은 뭍에 올려놓은 고기처럼 뛰놀았다. 그리고 신선하고 향기로웠다. 그들의 입술은 굳게 합쳐졌다. 고통스럽고 극치에 달한 시간이 흘렀다. 그들은 모든 것을 넘고 말았다. 사랑의 언어는 모두 무색해진 것이다. 할 이야기는 행동으로 모조리 표현되고 말았다. 강옥은 침대 모서리에 돌아앉고 남성우는 창가에 가서 담배를 피웠다.

　창밖의 설경은 한결 가까웠고 얼음 밑으로 흐르는 물소리는 한결 드높았다. 죽음과도 같은 적막, 황폐한 허무……

　남성우는 자기 자신에 대한 혐오를 되씹고 있었다. 서로 원하고 바랐지만 그것은 육체의 교류는 아니었다. 그들은 너무나 쉽사리 타버렸고 너무나 쉽사리 식어버린 재를 보았다.

그들은 끝내 한마디 말도 없이 산장을 떠났다.

잔설이 희끗희끗한 서편 산에 해가 떨어지고 있었다.

"또 오겠습니다."

남성우는 푸듯이 뇌었다.

"내려가시겠어요?"

강옥은 발끝을 내려다보고 걸으면서 말했다.

"네, 저녁차로."

"그럼. 바로 역으로 가셔야겠네요."

"네, 바로."

그것으로 말은 끊어졌다. 아무런 맹세도 없고 앞날의 기약도 없었다. 그것은 다 쑥스러운 관념의 유희 같았던 것이다.

강옥은 서울역까지 따라 나갔다.

그의 얼굴은 한층 창백하고 오한을 느끼는지 전신을 떨고 있었다.

기차가 떠나려 하자 남성우는 손을 내밀었다.

"또 오겠습니다."

강옥은 그 손을 잡았다.

기차는 떠났다. 멀리, 사라지고 말았다. 역 광장으로 나왔을 때 강옥의 얼굴에는 처음으로 눈물이 흘러내렸다. 자기 자신을 잃었다는 슬픔의 눈물은 아니었다. 오히려 남성우라는 한 남자를 잃었다는 슬픔은 그의 심장에다 칼질을 하는 것이었다.

사랑의 말 한마디 없이 떠나올 때 그에게는 남성우가 있었다. 영원히 남성우는 그의 가슴 어느 구석에 살고 있으리라 생각했다. 그리고 남성우 가슴 어느 구석에도 자기가 살고 있으리라 생각했다. 그러나 두 사람은 지금 가진 것 없이 서로를 다 주어버렸다. 그런데도 불구하고 강옥은 자기 가슴속에 그리고 남성우 가슴속에 서로의 인간이 사라지고 말았다고 생각하는 것이다. 강옥은 자기 마음속에 남성우가 사라졌다고 생각했으나 그것은 실상 두려움을 막는 하나의 방패였는지도 모른다. 사나이는 허무하지 않았던가. 남성우는 허무 속에 있었다. 그것을 강옥은 안다.

　강옥이 병실 앞에 섰을 때 뿌연 전등 빛이 자기 발을 비쳐주고 있다고 생각했다. 병실 문을 밀고 들어섰다. 예기하고 있던 어머니의 모습은 보이지 않았다. 이치영은 창 옆에 의자를 갖다놓고 앉아 있었다. 그는 담배를 피우고 있었다.

　"이제 오세요?"

　강옥은 말없이 벽에 비친 자기 그림자를 쳐다보았다.

　강원은 잠들어 있었다.

　'대체 이 사나이는 어쩌자고 여기에 와 있는 것일까?'

　강옥은 눈을 들어 이치영을 바라보았다. 이치영은 잔잔한 눈으로 강옥을 보고 있었다.

　"그분, 그분은 누구죠?"

하는데 이치영의 얼굴은 일그러졌다.

"네?"

"낮에 우연히 봤습니다. 두 분이 걸어가시는 것."

"네?"

강옥은 바보처럼 뇌었다.

"언젠가 말씀하시던 바로 그분이신가요?"

이치영의 목소리는 잠겨서 낮게 울렸다.

"네, 바로 그 사람이에요."

"……."

"부인과 자식이 있죠."

강옥은 엉뚱한 말을 하고 미소 짓는다.

이치영은 담배 연기를 내뿜으며 창밖으로 눈을 돌렸다.

"선생님?"

"네."

"선생님의 청혼을 받아들일 자격이 저에게 있을까요?"

"네?"

"자격이 있다고 말씀하신다면 전, 전 선생님하고 결혼하겠습니다."

"그건 무슨 뜻이죠? 별안간……."

이치영의 얼굴은 굳어졌다.

"마지막이었습니다."

강옥의 얼굴에서 미소는 사라졌다. 그는 두 손으로 얼굴을 감쌌다. 조용한 울음이 감싼 손가락 사이로 새어 나왔다.

강옥에게 있어서 남성우를 사랑하고 그 사랑의 허무를 본 것이 재혼의 조건인지도 모른다.

창밖에는 어둠이 묻어왔다. 강옥의 울음은 차츰 가라앉았다. 이치영은 담배를 버리고 일어섰다.

작품 해설

낭만인가 현실인가,
결혼의 조건

박은정(한국외대 KEL학부 강사)

박경리 문학사에서 『재혼의 조건』의 위치

박경리 문학사에서 『재혼의 조건』은 장편소설 『김약국의 딸들』과 『시장과 전장』 사이에 있다. 『김약국의 딸들』은 1962년 잡지나 신문 연재 없이 을유문화사에서 바로 출판되었고, 『시장과 전장』은 1964년 《동아일보》에 연재되었다. 두 장편소설 사이에 다수의 다른 작품들이 있고 그 중 『재혼의 조건』은 여성지 《여상》에 1962년 11월부터 1963년 8월까지 연재되었으며, 7월호를 제외하고 총 9회에 걸쳐 실렸다. 《동아일보》에는 1962년 8월부터 장편소설 『가을에 온 여인』이 연재를 시작하여 1963년 5월에까지 이어지면서 『재혼의 조건』과 창작 기간이 일정 부분 겹친다. 박경리 작품 중 같은 시기에 두 편 이상이 연재된 경우는 『재혼의 조건』과 『가을에 온 여인』만이 아니다. 1964년 《동아일보》에 『파시』를 연재하면서 《부산일보》에는 『녹지대』를 연재했고, 『토지』가 연재되었던 1969년부터 1994년 사이에도 소설, 수필 등 다수의 작품이 발표되었다. 작가가 하나의 작품에 매달리기도 어려울 텐데 왜, 어떻게 한꺼번에 여러 편의 작품을 창작했을까. 작가는 산문집 『Q씨에게』에서 스스로 "할 이야기가 많았"던 사람이라고 한 바 있다. 만약 소설을 쓰지 않았더라면 자신의 어머니처럼 이야기하기를 좋아했을 거라고도 했다. 작가는 동시에 두 편 이상의 소설을 쓸 만큼 할 이야기가 많았던 것으로 보인다. 하지만 작가는 "매일 그 무수한 파지 속에 묻혀서 사는 내게는 정말 어떤 것을 쓴다는 게 여간 지겹지가 않아요"라고 고백하기도 했다. "쓴다는 것은 희열보다 언제나 고통"이었다는 것이다. 그럼에도 이런 다작을 해야 했던 이유는 그의 고난했던 젊은 시절, 생계를 위한 방편에서 찾을 수 있을 것이다.

대표적인 전후세대 작가 박경리는 한국전쟁이 끝난 뒤 1955년 「계산」과 1956년 「흑흑백백」이 《현대문학》에 추천되어 등단했다. 이후 40여 편의 단편소설과 25편 내외의 중·장편소설을 발표했으며 대하소설 『토지』를 약 25년에 걸쳐 완성했다. 초기 단편소설에서는 한국전쟁 이후 개인의 경험을 작품의 소재로 삼으면서도 사회의 부조리에 대한 고발과 함께 자기 내면의 소리를 소설 속에 담고자 했다. 이런 소설관이 『토지』에까지 이어지는 가운데, 『재혼의 조건』에서는 '결혼'에 대한 작가의 가치관을 드러냄으로써 초기 단편소설에서 보여주었던 사회 고발상과 이후 소설들에서 수렴되어 가는 철학의 단계 안에 자기매김하고 있다.

여성 인물의 변모

『재혼의 조건』이 연재되던 당시 각 신문과 잡지에는 많은 문학 작품이 실렸다. 월간지뿐만 아니라 일간지에도 두 개 이상의 소설이 연재되어 장편소설의 대중화 경향을 엿볼 수 있다. 《여상》에도 『재혼의 조건』이 실린 기간에 안수길, 한무숙 등의 작품이 같이 연재되었고, 해외 문학 작품도 함께 실렸다. 문학작품 외에도 패션, 육아, 가정 살림 등 여성 교양에 관한 다양한 기사가 실려 있고 특히 여대생과 관련된 내용도 포함하고 있다. 『재혼의 조건』은 강옥의 내면적 갈등을 통해 작가의 결혼관을 제시함으로써 《여상》의 중심 독자층인 젊은 여성들의 요구에 부응했다. 같은 시기 《동아일보》에 연재된 『가을에 온 여인』은 비교적 많은 등장인물과 갈등 요소로, 독자층의 폭이 넓은 신문에 연재되었다. 작가는 동시에 다수의 작품을 발표하면서도 각 매체의 성격에 맞는 내용을 구상하여 연재한 것으로 보인다.

『재혼의 조건』의 강옥은 초기 단편소설의 인물들과 차이가 있다. 「계산」의 '회인', 「흑흑백백」의 '혜숙', 「불신시대」의 '진영'은 모두 경제적 문제에서 자유롭지 못하다. 「계산」에서는 어머니의 병환 소식에 고리의 돈을 빌려야 하고, 「흑흑백백」과 「불신시대」에서는 6·25 동란에 남편을 잃고 가족을 부양해야 하는 여성 가장이 그려진다. 전쟁 직후에 창작된 박경리 소설은 한국전쟁 이후 재건의 숙제를 가진 한국사회에서 가정을 홀로 떠맡아야 하는 여성 가장이, 사회가 요구하는 질서에 순응하거나 편입할 수 없는 상황에서 사회적 폭압에 대응하는 모습을 그리고 있다. 이는 한국전쟁 직후 그 후유증을 근거리에서 바라볼 수밖에 없었던 1950년대의 사회적 환경 속에서 나온 작품으로 평가된다. 1960년대가 되면 한국문학 작품들은 한국전쟁을 비교적 객관적으로 바라본다. 전쟁 뒤의 물리적, 정신적, 현실적 폐해를 개인의 문제에서 집단적, 사회적 문제로 바라 볼 여유가 생겼다. 박경리 소설에서도 초기 단편소설과는 달리 문제를 바라보는 시선의 폭이 확대 혹은 내면화된다. 『재혼의 조건』은 갈등 양상을 사회적 폭압에만 두는 것이 아니라 인물의 내면에 두고 있다. 사회 안정을 위한 질서 가운데 '결혼'이라는 문제에 대한 작가의 견해를 보여주는 것이다.

강옥은 친정이나 죽은 약혼자의 본가가 모두 중산층으로, 자신이 생계를 위해 나서야 할 처지는 아니다. 약혼자였던 윤명환의 아버지 윤정호는 강옥에게 취직을 권할 때도 "싫으면 그만"둘 것을 전제로 한다. "아직은 너 하나 편히 먹일 수 있는 형편이지만" "바람도 쏘이고 사람 구경도" 하라는 뜻에서 취직을 권한다. 강옥의 본가 역시 어머니가 이제 갓 취직한 강원과 함께 생활하기에 어렵지 않다. 생계의 책임으로부터 벗어난 여성은 자신의 내면을 바라볼 여유를 가진다. 『재혼의 조건』에서 여성 인물이 가장의 모습을 탈피하여 자신의 내면을 바라볼 수 있는 것은 전쟁 직후의 사회적 압박으로부터 일정 부분 거리를 확보함으로써 비교적 유연한 사고가 가능해졌기 때문이다.

여성의 자의식

박경리 소설의 여성 인물들은 사회가 요구하는 질서 속에 순응하지 않고 소신에 따라 행동한다. 「계산」의 회인은 약혼자 '경구'가 '회인과의 약혼'을 후회하는 듯한 말을 했다는 것을 알고 서울로 떠난 뒤, 결국 관계를 청산하기로 한다. 「흑흑백백」의 혜숙은 궁한 형편에도 아니꼽고 더러운 것은 참지 못한다. 직장을 그만둔 이유도 "추군 추군하게 구는 뱃대기에 기름이 끼인 상부 사람이 더럽고, 또한 향락의 대상으로 보인 것이 분하고 원통하다는 데"에 있다. 「불신시대」의 진영은 천주교인도, 중도, 의사도, 친척도 모두 속고 속이는 현실에서 죽은 아들 문수의 명복을 빌고자 했던 마음을 접고 자신과 아들 사이에 남은 것은 '무참히 죽어버린 추억'뿐임을 자각한다. 이들은 남들처럼 적당히 타협하면서 살아내는 일을 하지 않는다. 이는 박경리 소설의 여성 인물들에게서 공통적으로 나타나는 특징이다.

『재혼의 조건』의 강옥은 죽은 약혼자 윤명환의 본가에서 지내는 7년 동안 뜨개질을 하듯 매일 되풀이되는 생활을 이어나간다. 이런 강옥의 생활은 마치 자의식을 잃은 듯 보인다. 그리스 신화에 나오는 '영원한 죄수의 화신' '시지프스'와 같은 삶, 일본 설화에서 접시를 깬 계집종이 우물에 빠져 죽은 뒤 밤낮 접시를 세고 있는 것과 같은 삶이 강옥에게 연속된다. 시지프스는 신들을 기만한 죄로 산 정상으로 바위를 밀어 올리는 벌을 받게 된다. 바위는 정상에 오면 다시 아래로 굴러떨어지기 때문에 처음부터 다시 올려야 하는 영원한 노동이다. 강옥은 바로 이 무의미함 속에서 7년의 시간을 보내고 있다. 이 시간들만 보면 강옥은 '자의식'을 잃은 듯하다. 하지만 강옥의 자의식은 드러나지 않을 뿐이지 잃은 것은 아니다. 애초에 강옥이 명환의 본가로 들어간 행위부터가 자의식의 발로였다. H읍에서 처녀며느리로 사는 삶은 어느 누구의 강요도 아닌 강옥의 선택이었다. 자신 때문에 명환이 죽었다는, 그리고 그 부모가 아들을 잃었다는 죄의식이 스스로를 처녀며느리로 가두게 했다. 이런 강옥의 자의식은 송화여고에 취직을 하면서 표면화된다. 학교에 나가면서 강옥은 선생이라기보다 학창 시절로 돌아간 듯 예전의 자신을 찾는다. 학교 창 밖으로 보이는 몇 개의 은행나무 잎은 윤명환 집안과의 위태로운 인연을 상기하게 하고, 마지막 잎이 떨어지자 비로소 시원한 마음을 느낀다. 이는 윤명환 집안과의 관계가 마무리됨을 의미한다. 이로써 강옥의 마음속에 자리잡고 있던 윤명환과의 관계도 정리가 된다.

강옥은 남성우 선생을 만나고, 이치영과도 재회하면서 자신의 내면과 마주할 기회를 갖는다. 남성우와는 나란히 걸으며 이야기를 나눈 두 번의 시간으로 완전히 사랑에 빠지게 된다. H읍에서 지냈던 7년의 시간에 비하면 너무나 갑작스럽고 엄청난 비약이지만 사랑에 빠지는 데는 많은 시간이 필요하지 않았다. 강옥이 남성우에게 빠져들어 간 것은 남성우에게서 "무의미한 세월을 보내고 있다는 공통된 괴로움"을 보았기 때문이다. 이에 비해 이치영은 결혼 상대자로 다시없는 조건이다. 유부남도 아니고 오래전부터 자신에게 좋은 감정을 보였던 사람이다. 그렇기 때문에 동생 강원이나 어머니는 물론 친구 혜숙, 심지어 남성우 마저도 그와의 결혼을 권한다. 강옥 자신도 이치영과 결혼하게 되지 않을까 하는 막연한 생각을 하게 된다. 그러나 남성우에 대해 커지는 감정은 이치영과의 만남을 주저하게 하고, 다른 사람들 눈에는 안전해 보이지 않는 남성우와의 관계로 감정이 쏠리게 된다. 이는 강옥이 사회가 바라는 질서보다는 자신의 감정에 충실하기 때문이다. 결코 행복하지 않은 결말이더라도 그 끝을 확인해야 하는 것이 강옥의 마음이다. 강옥에게 애초에 "곱게 다치지 않고" 살고 싶은 마음은 없다. 다치더라도, 고운 결말이 아니더라도 자신의 감정에 충실해야 하는 것이다.

박경리 초기 단편소설의 여성들이 부조리한 사회에 대해 자신의 의지를 표출한다면 『재혼의 조건』에서는 내면의 문제에 대한 의지를 표출한다. 사회질서가 어떠하든 스스로 동의할 수 없다면 따르지 않는 여성 인물은, 자신의 내면에 어떤 거리낌을 남긴 채 원치 않는 방향으로 나아가지 않는다. 박경리 소설의 여성 인물들은 그 갈등 양상이 어디로 향해 있든 자신이 옳다고 생각하는 방향을 제시한다. 이런 여성 인물들이 보여주는 자의식은 초기 단편소설로부터 『토지』에 이르기까지 끊임없이 제시되므로써 박경리 문학의 한 특징을 보여준다.

낭만적 사랑과 현실

『재혼의 조건』에서 강옥은 두 남성과 삼각관계에 있고, 이들 두 남성은 대조적 입장에 놓여 있다. 강옥에게 있어서 남성우가 감정의 대상이라면, 이치영은 강원에 의해 완벽한 결혼 상대자로 대상화된 인물이다. 그렇기 때문에 강옥에게 있어서

대척점에 있는 것은 감정의 대상인 남성우와 현실을 이야기하는 강원이다. 남성우와 이치영, 강원 사이에는 아무런 갈등도 일어나지 않는다. 강원은 남성우의 존재마저도 모른 채 현실적으로 완벽한 결혼 대상에 대해 누이에게 어필할 뿐이다. 갈등은 이들의 관계에서 일어나는 것이 아니라 강옥의 내면에서 일어난다. 하지만 강옥의 내면적 갈등이 단순히 낭만적 사랑과 현실의 대결을 의미하는 것은 아니다. 언젠가 결말은 현실이 될 것이고 현실로 들어가는 과정에서 마음속에 남은 감정을 어떻게 할 것인가가 문제이다.

남성우와 강옥의 만남은 사회적 질서에 반하는 행위이다. 남성우와 강옥 사이에는 '불행의 씨' '장애' '파괴' '고통'과 같은 어휘들이 가로막고 있다. 남성우는 자신의 상황을 고명애라는 학생을 통해 대변한다. "좋아한다는 감정이 어떤 장애로 좌절되거나 상대에게 전해지지 않을 때 심리와는 반대되는 행동을 취하는 일이 얼마든지 있"다거나 "앞으로 겪어야 할 신비한 일"을 거론하는 것, 그리고 '애정에 목마른 아이'라는 표현 등은 고명애에 자신을 투영한 것으로 보인다. 가족이 있지만 고독한 자신의 처지나 앞으로 강옥과의 관계에서 일어날 일들을 나타내는 것이다. 그러나 남성우는 자신의 가정이나 세속적인 조건들 때문에 사랑을 두려워하는 것은 아니다. 그는 '질서나 도덕'에 구애되기에는 반역적이고 역설적인 사람이다. 다만 강옥에 대한 자신의 감정이 절벽에 서 있는 것과 같기 때문에 주저하게 된다. 강옥과의 애정은 '전진'을 의미하고 전진은 절벽에서 떨어지는 것으로 죽음, 곧 끝이 된다. 그렇기 때문에 갈망하면서도 뒷걸음치려는 마음이 있는 것이다.

이에 비해 강원의 생각은 단순하고 현실적이다. 누이를 '이조 봉건시대' 사람, '신랑도 없는 시집'에 사는 '미이라', '산송장'으로 규정하면서 사회인으로 끌어내고자 한다. 자신의 결혼 상대에 대해서도 '마음에 들고 안 들고'의 문제가 아니라 '험이 없으면' 된다는 생각을 하고 있다. 강원은 '떠가는 구름'과 '만질 수 있는 흙 한 줌'을 이야기하는데 강옥에게 있어서 남성우는 뜬구름 같은 존재이고 이치영은 한 줌의 흙으로 비유된다.

낭만적 생각과 현실은 '죽음'에 대한 인식에서도 드러난다. 남성우는 "죽음도 쇼팽의 장송곡의 세계처럼 아름답다면 한 번 해볼 만한 일"이라고 한다. 장송 행진곡은 쇼팽이 파혼으로 인한 좌절과 병으로 어렵던 시기에 작곡한 곡이다. 쇼팽의 곡은 남성우가 처한 상황과도 맞물리며 그를 상징하는 낭만성과도 연결된다. 한편 사고로 생사를 오갔던 강원은 죽음에 대해서도 현실성을 드러낸다. 죽으면 그만이기 때문에 철저히 살아야 한다고 생각하는 것이다.

강옥에게 있어서 남성우에 대한 낭만적 감정은 그 아내의 존재가 표면에 등장할 때 현실이 될 수밖에 없다. 학교로 전화가 걸려오거나 혜숙의 집에서 맞닥뜨릴 때 강옥은 현실을

인지하고, 결국 H읍을 떠나 서울로 가게 된다. H읍을 떠난다는 것은 지금까지와는 다른 새로운 세계로 나아감을 의미한다. 서울은 강원이 말하는 현실 세계이고 이치영과의 관계에도 어떤 식으로든 결말이 있을 것이기 때문이다. H읍은 강옥에게 있어서 갇힌 공간이다. 이 공간을 떠남으로써 강옥은 내면의 갈등과 마주하게 된다. 강옥은 남성우와의 감정을 남긴 채 H읍을 떠나 서울로 가지만, 서울에서 다시 만난 남성우와 그 끝을 확인함으로써 새로운 세계로 갈 수 있는 계기를 마련한다. 남성우는 강옥에게 있어서 갇힌 공간에서 열린 공간으로 탈출하게 하는 존재이며 남성우와의 낭만적 사랑은 강옥이 현실 세계로 들어가는 데 대한 답을 제시한다.

결혼의 조건

『재혼의 조건』에서 작가는 내면의 갈등을 통해 '결혼의 조건'이 무엇인가를 이야기한다. 결혼도 하지 않은 '처녀며느리'의 생활을 설정하여 '결혼의 조건'이 아니라 굳이 '재혼의 조건'이라고 한 것은 이를 통해 결혼을 위한 여성의 조건이 육체적 순결인지 마음의 거리낌인지 혹은 또 다른 무엇인지를 묻고자 하는 것이다. 『재혼의 조건』에서 여성의 순결 문제를 담론화하지는 않지만 그렇다고 내적 갈등 속에 이 문제를 넣지도 않는다. 앞서 발표한 소설들에서는 결혼의 장애로 작용했던 여성의 순결 문제를 강옥을 통해 외부로 표출하는 방식을 택한다. 강옥이 남성우와의 관계를 이치영에게 의도적으로 노출하는 것은 이 문제를 다른 중요한 조건의 뒤에 둠으로써 여성의 순결과 결혼의 관계에 대해 거리를 확보하고자 하는 의도로 보인다.

남성우가 그 끝이 벼랑인 줄 알면서 나아간 것과 같이 강옥도 마음속에 남아 있는 감정을 끝까지 태워 재로 만든다. 마음속에 다른 사람에 대한 감정을 담아둔 상태로 결혼을 하는 것이 합당하지 않다면 그 감정을 모두 태워 없애야 하는 것이다. 죽은 윤명환의 경우도 마찬가지다. 윤명환이 죽은 뒤에 사랑이든 죄책감이든 어떤 감정이 남아 있는 상태로는 다른 사람과 결혼할 수 없다. 그래서 H읍으로의 은둔이 필요했던 것이다. 7년의 시간은 그 얼굴 모습마저 흐릿한 대상으로 남게 했다. 더 이상 마음속에 어떤 감정도 남지 않게 되었을 때 비로소 다른 사람을 만날 수 있는 것이다. 7년의 시간이 윤명환에 대한 감정을 무디게하여 소멸시켰다면, 남성우와의 관계는 그 끝을 확인함으로써 감정을 완전히 연소하는 것으로 소멸시켰다.

결국『재혼의 조건』을 통해 작가가 말하고자 하는 '결혼의 조건'은 낭만적 사랑도, 육체적 순결도 우선되지 않는다. 현실적 문제 역시 마찬가지다. 단지 마음속에 다른 사람에 대한 감정이 남아 있는가의 문제를 묻고 있는 것이다. 강옥이 이치영에게 "선생님의 청혼을 받아들일 자격이 저에게 있을까요?"라고 물을 수 있는 것은 자신의 마음속에 다른 사람에 대한 아무런 감정이 남아 있지 않기 때문이다. 그리고 '마지막'이었다는 고백은 강옥이 스스로 '결혼의 조건'에 적합한 사람이 되었음을 의미한다.

재혼의 조건

초판 1쇄 인쇄 2023년 12월 12일
초판 1쇄 발행 2023년 12월 22일

지은이 박경리
펴낸이 김선식

부사장 김은영
콘텐츠사업2본부장 박현미
책임편집 임고운 **디자인** 정명희 **책임마케터** 최혜령
콘텐츠사업6팀장 임경섭 **콘텐츠사업6팀** 한나래, 임고운, 정명희
편집관리팀 조세현, 백설희 **저작권팀** 한승빈, 이슬, 윤제희
마케팅본부장 권장규 **마케팅1팀** 최혜령, 오서영, 문서희 **채널1팀** 박태준
미디어홍보본부장 정명찬
브랜드관리팀 오수미, 김은지, 이소영
뉴미디어팀 김민정, 이지은, 홍수경, 서가을, 문윤정, 이예주
크리에이티브팀 임유나, 박지수, 변승주, 김화정, 장세진, 박장미
지식교양팀 이수인, 염아라, 석찬미, 김혜원, 백지은
브랜드제휴팀 안지혜
재무관리팀 하미선, 윤이경, 김재경, 이보람, 임혜정
인사총무팀 강미숙, 지석배, 김혜진, 황종원
제작관리팀 이소현, 김소영, 김진경, 최완규, 이지우, 박예찬
물류관리팀 김형기, 김선민, 주정훈, 김선진, 한유현, 전태연, 양문현, 이민운
외부스태프 교정교열 원보름 본문 조판 스튜디오 수박

펴낸곳 다산북스 **출판등록** 2005년 12월 23일 제313-2005-00277호
주소 경기도 파주시 회동길 490
전화 02-704-1724 **팩스** 02-703-2219
이메일 dasanbooks@dasanbooks.com
홈페이지 www.dasan.group **블로그** blog.naver.com/dasan_books
용지 아이피피 **인쇄** 상지사피앤비 **코팅 및 후가공** 제이오엘엔피 **제본** 상지사피앤비

ISBN 979-11-306-4952-8 03810